장애견
모리

나의 소중한 반려견 모리에게 이 책을 바칩니다.

장애견 모리

글 이연희

여우를 기다리는 어린 왕자처럼

아픈 개들을 대해 주었으면

조금 불편하더라도 행복하게 살 수 있다

크리스마스 장식으로 가득 찬 미국 루이지애나의 수의대 병원에서 이 글을 쓴다. 책을 내기로 결정했을 때 아무것도 모르는 수의대생이 었는데 어느새 미국에서 동물행동학 레지던트가 되어 수의사로 일하고 있다.

수의사가 되어 많은 행동학 환자들을 만났다. 두려움에 떨고, 공격적인 행동을 보이고, 같은 행동을 반복하는 환자들에게 가끔은 모리가 겹쳐 보인다. 모리에게 더 잘해 주지 못해 남은 후회만큼 환자들에게 최선을 다하려고 한다.

행동학 전문의가 되어 동물과 사람을 돕고, 더 좋은 사회를 만드는데 도움이 되고 싶은 꿈을 향해 꾸준히 달려가고 있다. 그 원동력이 되어 준 건 늘 모리였다.

처음 모리를 만났을 때, 나는 망설였다. 대형견이고, 장애견이고, 유기견이었던 모리를 내가 책임질 수 있을지 확신할 수 없었다. 그러나 그런 모든 어려움에도 불구하고 모리는 보통의 삶을 잘 살아냈다. 조금 불편하더라도 행복하게 살 수 있다는 것을 모리를 통해 보이고 싶었다. 모리가 그랬듯이, 누구도 희망의 끈을 놓지 않기를 바란다.

글을 쓰면서 솔직하려고 애썼다. 부족한 모습을 불특정 다수에게 보인다는 것이 두렵기도 했지만 나의 용기가 누군가의 용기가 된다면 그것으로 충분하다.

모리 키우기는 참 힘들었다. 그럴 때마다 곁에 있어 준 친구들과 가족, 수의사 선생님들과 교수님들의 도움으로 위기를 잘 버텼다. 누군가 비슷한 경험을 나눠 주는 것만으로도 나는 마음의 응어리가 풀리곤 한다. 슬픔은 나누면 반이 되듯이 이 책에 실린 나의 고민의 흔적이 누군가에게는 위로가 되기를 바란다. 나의 경험이 따뜻한 위로의 포옹처럼 다가가기를.

모리의 이야기가 누군가에게는 희망이, 누군가에게는 용기가, 누군가에게는 따뜻한 위로가 되면 좋겠다. 모리는 여러 수의사 선생님들의 도움으로 위기의 순간을 버텼다. 모리를 돌봐준 수의사 선배님들, 직원분들, 원장님들, 교수님들께 깊은 감사의 인사를 드린다. 삶의 어려움 속에서도 나와 모리 곁을 지켜준 가족과 친구들, 지영과 호지에게 고맙다는 말을 전한다. 내게 동물행동의학의 꿈을 심어 주고 "연희는 언젠가 작가가 될 거야."라고 늘 말해 준 노미희 선생님, 일개 학생에게 원고를 청탁해 준 책공장더불어 김보경 대표님께 감사드린다.

마지막으로 나를 행동학의 길로 이끌어 주고, 위기의 순간에 모리와 나의 손을 잡아 주고, 모리 이야기를 글로 써보는 것이 어떠냐고 제안해 준 내 인생의 귀인이자 멘토인 김선아 선생님께 감사 인사를 올린다.

차례

최대치로 힘들다고 생각했던 내 인생이 더 힘들어졌다 * 기형으로 태어난 개, 이런 개는 누가 키울까? * 평생 한 번도 산책을 못하고 죽으면 억울하지 않을까? * 얘는 이제 모리예요. 다들 모리라고 부르세요 * 수술을 마친 모리가 세 다리로 뛰기 시작한다 * 보호소로 가면 모리는 죽는다 * 처음으로 내가 뭔가를 맘대로 해 버렸다, 모리 입양 * 신화 속 피라모스와 티스베처럼 * 방광결석으로 다시 또 입원 * 동물행동학을 공부한 수의학도가 꽹과리라니… * 배변훈련 하다가 안구건조증이 생겼다 * 보통의 개처럼 살아보지 못한 개 * 모리는 점점 '개' 같아지고 있다

2장 우리 개가 얼마 못 산대요.
그래서 연애할 시간이 없을 것 같아요 _ 37

모리야 너 죽는대 * 우리 개가 얼마 못 산대요. 그래서 연애할 시간이 없을 것 같아요 * 연희가 밤새 간호한 벌이에요, 죽이지 마세요 * 모리 사회화 훈련을 시작하다 * 모리, 사람을 향해 짖다 * 모리를 수레에 싣고 오간 긴 시간은 무의미했다 * 심하게 물지 않았다고 괜찮은 게 아니다 * 내 개도 통제하지 못하면서 좋은 수의사가 될 수 있을까 * 무수한 노력을 했지만 나는 실패했다 * 자살예방센터에 전화를 하다 * 나는 모리를 지키고 모리는 나를 지킨다 * 같이 울어 주는 친구들 * 차는 빵빵거리고, 모리는 수레에서 떨어지고… 모리와 함께하는 극한 등교 * 책임감이 너무 커서 모리가 주는 행복을 느끼지 못하고 있었다 * 동물행동학 전문의의 도움을 받다 * 힘든 일이 닥쳤을 때 정면 돌파하지 않고 피하는 것도 지혜였다 * 반려견의 삶이 달라지면 반려인의 삶도 달라진다 * 엄마를 물다 * 최선을 다했으니 이제는 모리를 보내 줘라 * 딸, 미안하지만 집에서 나가 줘

이들에게 부탁할게, 개를 만지지 말아 줘 ∗ 화내지 않고 산책하는 법 ∗ 이별
은 대개 더럽고 추잡스럽더라고 ∗ 그 많은 장애견들은 다 어디로 간 걸까?
∗ 장애견이라 불편한 게 아니라 시선과 편견이 더 불편하다

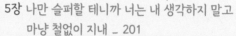

모리 또 아프다 ∗ 입원실 모리 곁에서 먹고 자고 ∗ 이제 그만합시다 ∗ 모리
가 없는 시간 ∗ 꿈속에서 나는 모리를 업고 병원을 향해 모험한다 ∗ 강아지
천국의 시간은 느리게 흐른다 ∗ 그런데, 모리 잘 지내? ∗ 네가 없어도 난 항
상 네 생각을 해 ∗ 너를 옆에 앉히고 무거운 마음으로 공부를 한다 ∗ 나만
슬퍼할 테니까 너는 내 생각하지 말고 마냥 철없이 지내

1장

보통의 개처럼 살아보지 못한 개

＊

최대치로 힘들다고 생각했던 내 인생이 더 힘들어졌다

어느 날 갑자기 생각지도 못한 개가 생겼다. 안 그래도 최대치로 힘들다고 생각했던 내 인생이 더 힘들어졌다. 혼자 가도 땀이 뻘뻘 나는 인생이라는 길에서 나는 내 몸무게의 반이 넘는 다리 없는 개를 업었다가 질질 끌었다가 같이 앉았다가 하며 가야 했다. 남들이 차를 타고 자전거를 타고 나를 앞서갈 때 나는 모리와 함께 점점 더 뒤처졌다. 모리와 함께하는 길은 늘 그랬다. 그런데 살다 보니 천천히 걷는 게 꼭 나쁘지만은 않았던 것 같다. 돌이켜 보니 그날의 날씨, 기분, 서로를 바라봤던 순간, 길에서 만난 친구들, 우리의 시간이 얼마나 소중했는지 모른다. 이 책은 그런 이야기다. 모리는 세 다리, 나는 두 다리로 천천히 걸어가는 이야기.

기형으로 태어난 개, 이런 개는 누가 키울까?

햇살이 너무 강해서 팔다리에 주근깨가 생기는 여름, 집에서 동물
병원으로 가는 길에는 그늘이 하나도 없다. 따가운 햇볕 아래 땀을
뻘뻘 흘리며 병원 문턱에 들어서는데 어제 없던 큰 개가 보였다. 개는
커다란 덩치를 입원 케이지에 맞추느라 고개를 아래로 떨군 채 잔뜩

구겨져 있었다. 새끼인데도 덩치가 꽤 컸다. 수의사 선생님이 물었다.

"너, 저먼셰퍼드라고 알아?"

"네, 들어봤어요. 제일 똑똑한 개 1위인가? 그렇잖아요."

"얼굴은 엄청 잘생겼는데, 암튼 아쉽게 됐어."

뭐가 아쉽다는 걸까? 개를 케이지 밖으로 꺼내자 이유를 알 것 같았다. 문을 열면 뛰쳐나오는 다른 개들과 달리 이 아이는 자리에 앉은 채 움직이지 못한다. 살펴보니 뒷다리관절 하나가 여러 각도로 무섭게 꺾여 있었다. 공포영화에나 나올 법한 기괴한 방향이었다. 양쪽 앞다리도 관절이 이상하다. 이것만도 굉장히 심각한데 발목도 너무 많이 꺾여 있다. 나도 모르게 '이런 개는 앞으로 어떻게 살까?'라는 생각이 들었고, 그 뒤로 '이런 개를 누가 키울까?'라는 생각이 들었다. 그러면서도 이런 생각을 하는 나 자신이 정말 못됐다고 생각했다.

냄새 나고, 털은 축축하고, 귀 뒤에는 엉킨 털 덩어리가 감자처럼 주렁주렁 달려 있었다. 빠진 털이 여기저기 대롱대롱 달린데다 귀에는 똥인지 귀지인지 모를 더러운 것들이 잔뜩 묻어 있고, 슬쩍 봐도 너무 긁어서 털 사이사이에 피가 맺힌 피부가 보였다. 그 와중에 고추는 왜 밖으로 나와 있는 건지. 튀어나와 달랑거리는 고추가 땅에 질질 끌려 털인지 먼지인지 흙인지 모를 오물이 잔뜩 묻은 채 피가 나서 너무 아파 보였다. 거기다가 바싹 마른 몸에 우울한 표정,

내가 태어나서 본 개 중에 제일 더럽고 볼품없는 개였다. 유치원 때 읽은 동화에서 평강공주가 '비루먹은 말'을 사라고 하던 장면이 기억난다. '비루먹은'이라는 표현이 너무 잘 어울리는 개였다.

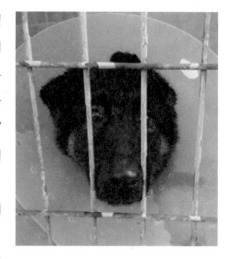

"태어날 때부터 기형으로 태어났다더라고."

이 개는 안락사를 하러 병원에 왔다고 했다. 보호자는 개를 특수견으로 키우고 싶었는데 같이 태어난 개들과 달리 장애를 갖고 태어나자 필요가 없어진 것이다. 다른 개들이 덜 아프고 더 오래 살기 위해 병원에 올 때 이 개는 죽으려고 병원에 왔다. 조금 다르게 태어났다고 해서 꼭 죽어야 한다는 법은 없잖아? 누가 데려가면 좋을 텐데 생각했다. 그때의 나는 병원에서 돌봐야 할 개가 너무 많았다. 내게는 그 아이도 다른 여느 개와 다르지 않은, 똑같은 개였다. 그때는 몰랐다. 이 애가 매일 한 방울씩 나에게 특별해질 줄은.

평생 한 번도 산책을 못하고 죽으면 억울하지 않을까?

　매일 병원에 출근하다 보니 이상하게 자꾸 어린 셰퍼드에게 눈길이 갔다. 시간이 날 때마다 케이지 문을 열고 개를 만져 주는 게 일상이 되었다. 뭐라도 해 주고 싶은 마음에 다른 개와 놀게 했는데 역시나 제자리에서 움직이지 못했다. 개들이 잡기 놀이를 할 때도 아쉬운 듯 쳐다보기만 할 뿐 한 발짝도 움직이지 못했다. 개들은 어느 새 가장 약한 개체를 본능적으로 알아챈 듯 어린 셰퍼드의 몸 이곳저곳을 물어뜯고 도망가기를 반복했다. 기가 죽은 채 당하기만 하니 만만해 보인 걸까. 어느새 집단 괴롭힘을 당하고 있는 셰퍼드를 안아 올렸다.

　'다른 개와 만나게 해 주면 기분이 조금이라도 나아질까 싶었는데 스트레스만 더 준 것 같네….'

　미안해졌다. 뭐라도 좀 해주고 싶은데 뭘 해 줄까 하다가 문득 생각이 떠올랐다.

　'이왕 개로 태어났는데, 산책도 못 해보는 건 좀 억울하지 않나? 유기견 보호소에서 봉사한다고 생각하고 내가 산책을 시켜 줘야지.' 수의사 선생님께 허락을 받은 뒤 15킬로그램의 개를 낑낑거리며 들고 병원 뒤에 있는 작은 언덕으로 갔다.

노을진 주황색 하늘 아래 잔디밭에 둘이 엉덩이를 붙이고 앉았다. 개를 돌아보니 얘는 이미 나를 보고 있었다. 서로를 보며 아무 말을 하지 않아도, 말이 통하지 않아도, 우리가 뭔가로 이어져 있다는 느낌이 들었다. 개를 한 번도 키워 보지 않은 나는 느꼈다. 한 번도 느껴본 적은 없지만 참 이상하면서도 편안한 기분이라고.

*

얘는 이제 모리예요. 다들 모리라고 부르세요

좋은 소식이 두 개, 안 좋은 소식이 한 개!

좋은 소식은 드디어 이 개한테 이름이 생겼다는 것이다. 이름이 없어서 다들 아무렇게나 부르는 게 너무 불편해서, 내가 임시로 이름을 지었다. 이름은 모리. 중학생 때 독후감 쓰기 숙제 때문에 읽었던 책《모리와 함께한 화요일》에서 따왔다. 시한부 견생인 이 개가 책에 나오는 시한부 모리 선생님처럼 남은 시간을 의미 있고 행복하게 보내기를 바라는 마음이었다. 또 셰퍼드는 목동이라는 뜻이니까 양'몰이'에서 모리를 따왔다. 약간 말장난 같은 감이 있지만 내가 생각해도 좋은 이름인 것 같다. 허락도 안 받고 내 맘대로 이름을 지어 버린 다음에 모두에게 공표했다.

"얘는 이제 모리예요. 다들 이제 모리라고 부르세요."

　　다들 별말 없이 알겠다고 했다. "모리야!" 하고 부르니 조금 어색하다. 곧 익숙해지겠지.

　　두 번째 좋은 소식은 모리가 조금씩 걷기 시작한 것이다. 매일 산책을 하니 다리에 근육이 붙은 것 같다. 내가 어딜 가려고 하면 발목이 ㄱ자로 꺾인 앞다리를 열심히 휘저으면서 기어 온다. 뒷다리는 역시나 움직일 수 없는지 앞다리만으로 체중을 지탱하고 필사적으로 기어 온다. 내가 뭐라고 나를 이렇게 좋아해 주나 싶다. 그냥 하루에 한 시간 정도 같이 있었을 뿐인데. 이 애가 자꾸 나를 기다린다. 처음에는 내가 괜히 오해하는 줄 알았는데 여러 명 사이에 섞여 있어도 눈빛이 나만 좇는다. '병원에 있는 수많은 사람 중에 왜 하필 나지? 몇 번 예뻐해 주지도 않았는데.' 케이지에서 꺼내 줘도 나만 따라온다. 내 생각만 그런 게 아니라 다들 그렇게 생각하는 것 같다.

"모리가 연희만 좋아하네, 다른 사람은 보이지도 않나 봐."

우쭐한 마음보다는 부담스러움이 먼저였다. 모리는 나랑 떨어질 때가 되면 케이지 안에서 짖으면서 나를 부른다. 순간 '나도 너랑 같이 집에 가면 참 좋을 텐데.' 하는 생각이 들었다. 하지만….

'내가 미쳤지. 미안하지만 난 내 몸뚱이 하나도 건사하기 힘들어.'

좋은 소식은 이제 끝이다. 안 좋은 소식은 모리는 이제 떠날 날이 머지않았다는 것이다. 병원에서도 나를 불러서 안락사 얘기를 꺼냈다. 선생님은 내가 상처받을 것 같다며 모리한테 정 주지 말라고 했다.

"조금만 더 있게 해 주세요. 며칠만 더요."

미루고 더 미뤄도 언젠가 닥칠 일이지만 가능하면 더 미루고 싶다. 계속.

*

수술을 마친 모리가 세 다리로 뛰기 시작한다

왼쪽 뒷다리관절이 하염없이 뒤틀려 기능을 제대로 하지 못하는 바람에 모리는 다리를 질질 끌며 다닌다. 걷는 데 왼쪽 뒷다리가 전혀 도움이 되지 않으니 외과 선생님들이 고심 끝에 모리 다리를 절단하기로 했다. 다리를 절단한다고? 전쟁영화에서나 보던 일이다.

어느 날 출근해 보니 모리의 다리가 이미 사라지고 없다. 다리가 없다는 기분은 어떤 걸까? 어색할까? 아니면 더 이상 무겁지 않아서 시원할까? 사지 멀쩡한 나로서는 도무지 알 수 없는 일이다.

그런데 안락사할 개의 다리를 왜 수술했을까? 궁금했다. 아마도 수의사로서의 양심과 의리, 동정심, 동물에 대한 사랑, 혹시라도 다리가 나으면 입양될지도 모른다는 희망, 사람을 하루 종일 거북하게 만드는 후배 여자애(나)의 징징거림 또는 이 기형 개의 다리는 도대체 어떻게 생겨 먹은 건지에 대한 학문적 호기심 같은 것이지 않을까 싶다.

어쨌든 감사하게도 호의를 베풀어 준 외과 선생님들 덕분에 모리가 수술을 받았다. 그리고 수술 후 놀랍게도 모리가 기다가, 걷다가, 어느 순간 세 다리로 뛰어다니기 시작했다.

모리는 거대한 몸뚱이로 사정없이 나에게 치댔다. 그러다 보니 몇 번이나 모리한테 걸려 넘어지고, 모리를 발로 차는 위험천만한 상황이 자주 연출되었다. 나도 실수로 모리 발을 밟고, 모리도 내 발을 자꾸 밟는다. 몇 번이나 사람들 발에 치이고 다리를 절면서도 새끼 오리처럼 나를 졸졸 쫓아다니는 모리를 보니 마음이 복잡해지기 시작한다.

형제자매 중에 가장 약하게 태어난 아이, 뒷다리 하나는 방금 막 떼 버렸고, 나머지 뒷다리와 앞다리 두 개도 성치 않은 아이, 고추가 하루 종일 튀어나와 있는, 빼빼 마르고 누가 봐도 정상적이지 않은 아이, 앞으로도 아플 확률이 큰 아이. 멀쩡한 개들도 입양이 안 되는데 게다가 대형견을 누가 데려갈까. 답답하다. 보호소에 가면 모리는 100퍼센트 죽는다. 힘들게 이렇게 멀쩡하게 만들어 놨는데….

더 이상 모리의 목숨을 연장할 수 없다는 생각에 자꾸 눈물이 난다. 요즘 들어 모리 생각만 하면 눈물이 장맛날 누수된 병원 천장의 빗물처럼 줄줄 흐른다. 특히 자기 전에 모리 얼굴이 자꾸 어른거린다.

'모리야. 너 진짜 어떡하냐, 너 죽으면 안 돼.'

이렇게 되뇌는 나 스스로가 너무 미워진다. 내가 조금만 더 돈이 많았더라면, 조금만 더 아는 사람이 많았더라면, 가난한 학생인 나는 어쩔 줄 모르고 울기만 한다. 매일 밤 내가 어떻게든 이 문제를 해결할 수 있는 사람이 되기를 간절히 빌었다.

*

보호소로 가면 모리는 죽는다

내가 매일 밤 침대에서 우는 바람에 룸메이트들이 내게 무슨 일이 있는지 다 알게 되었다. 우리 아파트는 방음이 잘 안 되어서 옆집, 아랫집 휴대전화 진동 소리까지 다 들리는데 같은 집에서 방문을 닫았다고 안 들릴 리가 만무하다. 이야기를 털어놓으니 룸메이트가 말했다.

"그냥 네가 키우면 되잖아?"

뭐라고? 전혀 생각도 못했다.

"아니 나는 돈도 없고… 준비도 되지 않았고, 가족이랑 같이 사는 것도 아니고… 아파트도 좁고 내가 무슨 개를 키워…, 그런 건 개 학대랬어."

"당장 목숨이 달린 일인데 그런 게 중요하냐고. 일단 데려오고 나서 생각하면 어떻게든 되겠지."

어떻게든 되겠지, 정말 달콤한 말이다. 개를 데려온다니. 나도 안다. 개를 키우려면 준비가 필요하고, 얼마나 고민해야 하고, 가족의 허락을 받아야 하고, 돈도 많이 필요하고, 적어도 20년은 같이 살아야 하고, 그런 거 다 안다.

하지만 모기가 불쌍해서 종이컵에 모기를 담아서 창밖으로 내보내는 나에게 개를 죽이는 건 너무 가혹한 시련이다. 내가 직접 죽이는 게 아니라도 모리를 보호소로 보낸다는 건 죽이는 거나 마찬가지니까. 하지만 이번만큼은 용기를 내고 싶었다. 다음 날 병원에 가서 슬쩍 수의사 선배를 떠봤다.

"마음 같아서는 모리 그냥 제가 데려가고 싶어요."

그러자 엄청 기뻐하면서 입양한다면 병원비는 대폭 할인해 주겠다고 하셨다. 내가 모리를 데려갈 수 있을까? 막막하기만 하고 한숨만 나온다.

*

처음으로 내가 뭔가를 맘대로 해 버렸다, 모리 입양

아무리 생각해도 가난한 대학생인 나는 개를 책임질 자신이 없어서 수소문 끝에 운좋게 모리를 데려갈 사람을 찾았다. 지인의 가족인데 곧 귀농하실 거라고 했다. 그래서 집을 지킬 큰 개를 원하신다고. 아직 이사를 한 상태는 아니었다.

수의사 선생님은 모리가 앞다리관절이 꺾여 있어서 관절을 고정하는 수술을 해야 하는데 그러려면 성장판이 닫히는 성견이 될 때까지 기다려야 한다고 했다. 치료는 원래 다니던 병원에서 받는 게 좋을 것 같았다. 할인도 받을 수 있으니까.

모리를 성견이 될 때까지 어떻게든 지켜내면, 모리는 좋은 집에 가서 행복하게 살 수 있는 것이다. 모리 나이를 정확히 추정하기는 어렵지만 대략 생후 8개월. 대형견이라 덩치가 빠르게 커지겠지만 그 정도는 어떻게 돌볼 수 있겠다는 생각이 들었다. 방학이나 바쁠 때는 룸메이트랑 서로 돌아가면서 돌볼 수도 있고. 입양 의사를 밝히신 분이 수술비도 어느 정도 지원하겠다고 하셨다. 상황이 너무 잘 풀린다.

부모님께 허락을 받으려고 전화했는데 (부모님이 안 된다고 했어도 내가 어떻게든 데려왔을 것 같지만) 일단 반대는 하지 않았다.

"걱정은 되지만 네가 그렇게까지 말하니 어쩔 수 없지. 잘 키워 봐."

내가 유치원생 때부터 개랑 살고 싶다고 그렇게 졸랐을 때는 절대 안 된다고 했는데 너무 쿨하게 허락을 해 줬다.

이쯤 되니 점점 현실감이 든다. 내가 정말 개를 키우게 되는 건가? 이렇게 갑자기? 살면서 뭔가를 충동적으로 저질러 본 적이라곤 없는 내가, 개를 데려오기로 했다. 늘 고분고분 부모님 말 잘 듣고, 공부 열심히 하고, 저질러 본 일탈이라고는 중학생 때 컬러 렌즈 껴 보려고 시도하다가 포기한 게 다인 내가 뭔가를 맘대로 해 버렸다. 이게 내가 맞나? 이런 내가 엄청 신기하게 느껴진다.

*

신화 속 피라모스와 티스베처럼

정신을 차려 보니 내 키보다 높게 개 용품 택배 박스가 쌓여 있었다. 모리를 데려오는 날이었다. 수의사 선생님이랑 함께 말도 안 되게 엉킨 모리의 털을 가위로 자르고, 클리퍼로 박박 밀었다. 엉킨 털 때문에 클리퍼 날이 튀어나가기를 몇 번. 무려 4시간 동안 클리퍼 날을 새로 갈아 끼우기를 반복했다. 온몸 털을 다 밀고 나니 개인지 캥거루인지 모를 동물이 눈앞에 보인다. 생각지 못한 대작업이었다.

"그래도 털 밀어놓으니 되게 '고급져' 보인다."

털 미느라 한밤중에 퇴근하게 된 수의사 선생님이 위로를 해 주셨지만 별로 와닿지 않았다. 사실 미용실에 있었던 모두가 같은 마음이

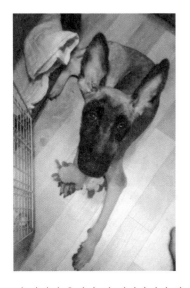

없을 것이다. 물에 빠진 생쥐 같아 보인다. 그것도 좀 오래 굶은 병든 쥐. 뭐, 생긴 건 전혀 중요하지 않다.

근데 털을 밀어놓으니 피부병도 너무 심하다. 곳곳에 딱지가 잔뜩 있고, 여기저기 피가 맺혀 있다. 이렇게 심각한 줄은 몰랐다. 모리의 피부병이 너무 심해서 룸메이트와 그의 개에게 옮길까 봐 걱정하면서 집에 데리고 왔는데 도착하자마자 거실 바닥에 똥을 싸고 오줌을 싸고 난리가 났다. 별 수 없이 바로 베란다에 두었다. 당분간 그래야 할 것 같았다.

그런데 베란다에 갇힌 모리가 사정없이 운다. 그것도 아주 우렁찬 대형견 목소리로 한밤중에. 모리가 도저히 진정이 되지 않아서 쩔쩔맸다. 개용 안전문을 사이에 두고 나는 거실에, 모리는 베란다에 있으면서 둘이 손을 꼭 잡고 잤다. 그리스 로마 신화에 나오는 피라모스와 티스베처럼. 예상치 못한 일이 아주 많았지만 그럴 수 있다. 오늘은 첫날이니까. 그럴 수 있어. 어떻게 되겠지 하고 생각한다.

*

방광결석으로 다시 또 입원

갑자기 개가 오줌을 찔끔찔끔 싸는 건 무슨 의미일까? 배변훈련이 안 된 걸까? 기분이 안 좋아서 시위하는 걸까? 나는 개를 길러본 적이 없다. 수의대생인데도 한낱 예과 학생에 불과한 나는 그게 뭔지 전혀 몰랐다. 수컷이어서 영역표시를 한다고 생각했는데 집에 온 지 이틀 만에 모리가 갑자기 화장실에서 쓰러졌다.

너무 놀라서 택시를 부를 생각도 못 하고 룸메이트와 둘이서 모리를 들쳐 업고 병원으로 달려갔다. 위기가 닥치면 초인적인 힘이 나온다고 엄마가 그랬다. 홍수가 나면 엄마들은 냉장고를 번쩍번쩍 든다고. 축 늘어진 모리를 어떻게 들고 갔는지 모르지만 어찌어찌 병원에 도착했다. 이미 사복으로 갈아입고 집에 갈 준비를 한 수의사 선생님들과 눈이 마주쳤다.

"선배님… 혹시… 저희 개 한 번만 봐주실 수 있으실까요?"

죄송하고 감사하게도 선생님들은 빠르게 다시 옷을 갈아입고 진료를 해 줬다. 검사 결과 방광결석이 발견되었고, 응급 수술을 했다.

모리는 우리 집에 온 지 이틀 만에 다시 병원으로 돌아갔다. 입원한 모리를 보러 가는데 착잡했다. 내가 더 잘 알았어야 하는데, 더 공부했어야 하는데, 더 일찍 병원에 갔어야 하는데…. 어떻게든 건

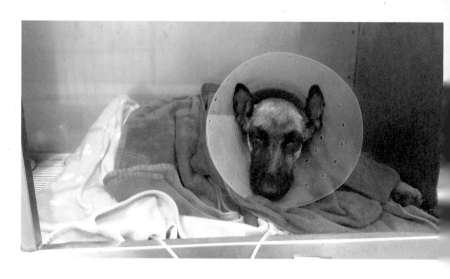

강하고 행복하게 해 주고 싶어서 데려왔는데 어떻게 데려오자마자
이럴 수가 있을까. 하얗고 동그란 비비탄 크기만 한 돌멩이가 모리
를 아프고 괴롭게 했다. 미안하고 속상해서 눈물이 났다. 입원 케이
지 앞에 쭈그리고 앉아서 찔끔찔끔 울었다. 불안하게 모리는 마취
에서 쉽게 깨지도 못했다. 여기저기 정상인 곳이 하나도 없는 모리
는 마취조차 늦게 깨는 체질이라고 했다.

　모리가 일어났을 때 혼자 있게 하고 싶지 않아서 양해를 구하고
입원 케이지에 기댄 채 쭈그리고 밤을 샜다. 다리 수술을 한 흉터가
아직도 선명한데, 흉터가 털로 덮이기도 전에 배에 엄청 큰 수술자국
이 또 났다. 아직 어린 나이인데 대수술을 몇 번이나 한 것이다. 그런
데도 모리는 엄살도 안 부리고 입원 케이지 너머 내 손을 핥아 준다.

모리야 너는 정말 강하구나, 나보다 더. 앞으로는 내가 너보다 더 강해질게.

*

동물행동학을 공부한 수의학도가 쩅과리라니⋯

"아아악 아아악 아아악."

무슨 소리냐고? 모리가 지르는 소리다. 모리가 짖는다. 하루 종일. 계속. 24시간 아침만 있는 나라의 수탉처럼 운다. 개를 키우는 건 이런 거구나. 데려오자마자 실감이 난다. 수의학도인 나는 특히 동물행동학에 관심이 많아서 공부를 꽤 했다. 남들보다는 그래도 많이 안다는 자부심이 있었다. 그런데 역시 이론은 실전에서 효과가 없으며, 내가 공부한 게 죄다 쓸모없다는 걸 깨달았다.

개가 짖으면 무시하라고 했는데 무시가 안 되었다. 짖으면 바로 달래게 된다. 몇 번 무시해 봤는데 도저히 안 되겠다는 생각이 들었다. 한 번만 더 무시했다가는, 안 그래도 방음이 안 되어서 의도치 않게 서로의 프라이버시가 낱낱이 밝혀지는 아파트에서 층간소음으로 고소를 당하게 생겼다.

나도 그렇고 룸메이트들도 계속 잠을 못 잤다. 밤에 잠도 안 자고 짖는 모리 때문에 며칠째 베란다 앞에서 쭈그리고 자는데 갑자기 너무 서러웠다. 차라리 소형견이어서 귀엽게 알알 짖으면 좋겠는데 그것도 아니었다. 늑대인간처럼 우는 모리를 보면 어째야 할지 감이 오지 않는다. 혼내면 절대 안 된다고 했는데 긍정강화 교육을 하라고 했는데…. 나도 슬슬 한계에 봉착하기 시작했다.

정신을 차려 보니 내가 깡통을 두들기고 있었다. 풍물 동아리에서 꽹과리 두들기던 경험을 살려 사정없이 막 두들겼다. 짖을 때마다 깡통을 두들기니까 모리가 입을 다물었다. 나도 정말 이러긴 싫었는데 아, 정말 개를 키우는 건 어려운 일이다.

*

배변훈련 하다가 안구건조증이 생겼다

상쾌한 아침, 침대에서 나와 하루를 시작해 볼까 하는데 발이 축축해서 보니 오줌이다. 아, 짜증나. 피부병이 어느 정도 나아서 베란다를 나와 자유롭게 집 안을 누비게 된 모리는 자유롭게 싸고 다닌다. 아무 데나 막 싼다. 성견에 가까워진 모리에게 이제야 배변훈련을 시킨다는 게 쉽지 않은 일인 것 같다. 바로 인터넷으로 정보 수집에 돌입했다. '개 배변훈련'이라고 검색해서 나오는 동영상은 싹 다 보고, 공부한다고 잔뜩 사둔 행동학 책도 꼼꼼히 다시 읽었다.

그러던 어느 날, 친구가 모리를 구경한다고 우리 집에 놀러왔다.

"너는 친구가 놀러왔는데 책만 보냐?"

"쟤 요즘 계속 저래, 네가 이해해."

룸메이트가 변명을 해 줬지만 친구는 책이나 읽고 깡통이나 사정없이 두들기는 나를 보더니 혼자서 놀다가 집에 가 버렸다.

'친구야 미안. 근데 더 지체했다가는 영원히 이렇게 똥이나 밟으며 살아야 할지도 몰라. 원래 초반에 시기를 놓치면 큰일난다고 하잖아.'

몇 가지 방법을 시도했는데 전부 실패했다. 마지막으로 《개, 어떻게 가르쳐야 하는가?》라는 책에 나온 방법을 시도해 보기로 했다. 대충 요약하자면 개가 배변을 하려고 할 때마다 화장실로 옮기는 방법인데 아주 치명적인 단점이 있다. 24시간 개를 보고 있어야 한다는 것. 절대 휴대전화도 TV도 못 본다. 밥도 개의 엉덩이를 보면서 먹어야 한다. 모리가 엉덩이를 조금만 쭈그려도 나는 바로 18킬로그램의 모리를 질질 끌고 화장실로 옮겼다. 싸면 칭찬하면서 간식을 주고, 안 싸면 물을 먹인다.

모리는 교활하게도 내가 잠깐 한눈을 팔 때마다 쌌고, 나는 오기가 생겨서 하루 종일 모리를 노려봤다. 문제는 내가 병원에서 아르바이트를 하기 때문에 병원에 간 사이에 싸면 교육이 소용없어진다는 거다. 그래서 병원에 휴가를 내 버렸다. 그나마 방학이라 학교는 가지 않아도 되어서 다행이었다.

가끔 타이밍을 놓쳐서 똥이 조금 나오기 시작할 때 모리를 화장실로 질질 끌고 갈 때면 헨젤과 그레텔의 빵 부스러기처럼 바닥에 '똥길'이 생기는 불상사가 생기곤 했다. 2주를 외출도 못 하고 (모리 산책할 때 빼고) 개 똥꼬를 안구건조증이 생길 만큼 노려보며 보내야 했다.

마침내 2주가 지나 모리는 완벽하게 화장실에 적응하는 멋진 개가 되었다.

*

보통의 개처럼 살아보지 못한 개

개랑 살아본 적은 없지만 모리가 좀 이상하다는 건 알겠다. 뭐가 이상하냐면 보통 개가 아닌 것 같다. 로봇 개 같다. 일단 산책할 때 냄새를 전혀 맡지 않는다. 냄새를 맡지 않는 개라니 있을 수 없는 일이다. 그리고 그냥 앞으로만 가다가 힘들면 앉는다. 중간에 어디로 새는 법이 없다. 산책할 때 배변도 하지 않는다.

두 번째로 장난감을 갖고 노는 법을 모른다. 쇠로 된 울타리를 물고 흔드는 건 하면서 개 장난감을 줘도 그게 뭔지 전혀 모르는 것 같다. 공을 던져도 멀뚱멀뚱, 어쩌라는 거냐는 표정으로 쳐다본다.

세 번째로 간식을 잘 먹지 않는다. 간식이 뭔지 모르는 것 같다.

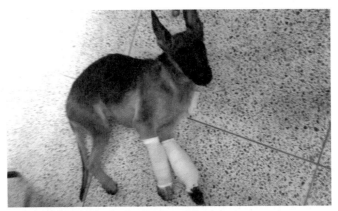

모리의 앞다리는 모두 과신전(관절의 각도가 180도 넘는 상태)으로 발목이 심하게 구부러진 채 걷는 상황이었다. 수의사 선생님이 부목을 제안했는데 해보니 발이 너무 부어서 그만 두었다.

근데 또 똥은 막 먹는다. 심지어 약도 막 탐내면서 훔쳐 먹으려고 한다. 약이 쓸 텐데. 정말 이상한 개다. 어떻게 놀아줘야 할지 난감해졌다.

'모리야, 너는 이런 거 경험해 본 적이 없나 봐. 클 만큼 다 컸으면서 그동안 이런 것도 모르고 살았구나.' 기분이 묘해진다. '그래 앞으로 배우면 되지. 내가 하나하나 가르쳐 줄게, 모리야. 차근차근 배우면 될 거야.' 모리가 알아듣지 못하는 소리를 해본다.

육아는 '템빨'이라고 했다. 개를 위한 온갖 용품들을 사는 데 돈을 탕진해야 몸이 편하다는 뜻이다. 인터넷으로 노즈워크 담요랑 개 장난감, 간식을 마구 질렀다. 이건 교육비라고 합리화하면서. 평범한 개, 행복한 개가 되기 위해서는 많은 시간과 보호자의 사랑이 필요하다는 것을 느낀다. 나는 천천히 기다려 주기로 했다. 지금까지 못 받은 만큼 충분한 사랑을 주기로 다짐했다.

*

모리는 점점 '개' 같아지고 있다

얼마간의 적응 기간을 거치며 모리는 얌전한 개에서 매일 사고치는 개가 되었다. 간식은 없어서 못 먹는다. 택배가 오면 박스를 다 뜯고 비닐 포장지를 벗긴 다음 알아서 간식을 먹는 기염을 토한다. 장난감을 하루에 한 개씩 망가트리는 바람에 새 장난감을 계속 사느라 자금난에 시달리는 중이다.

노즈워크도 맹연습 중이다. 산책 때 냄새를 맡게 하려고 낙엽더미에 간식을 몇 알 떨어트렸더니 간식만 먹는 게 아니라 흙도 같이 퍼먹어서 그만뒀다. 종이에 간식을 싸 줬는데 종이를 찢는 게 아니라 종이째 잘근잘근 씹어 먹은 다음에 종이만 뱉는다. 음, 반 정도 성공이라고 해 두자.

산책할 때는 냄새를 맡을 때까지 한 자리에 그냥 있다가 오곤 했는데 조금씩 냄새를 맡는 횟수가 늘어나는 중이다. 여전히 밖에서 배변, 배뇨를 안 하지만 차차 좋아지겠지. 아무튼 모리는 좀 더 '보통 개' 같아졌다. 다행이다. 사고를 더 치더라도 활발한 모습이 보기 좋다. 이게 모리의 진짜 모습이었나 보다. 고마워, 철없어 줘서.

2장

우리 개가 얼마 못 산대요.
그래서 연애할 시간이 없을 것 같아요

*

모리야 너 죽는대

  우리 집에 온 후 매일같이 지루할 일 없게 사고를 쳐 주는 모리 덕분에 한 달이 훌쩍 지나갔다. 오랜만에 모리를 데리고 병원에 놀러 갔는데 수의사 선생님이 모리가 걷는 걸 보더니 진지한 표정으로 말씀하신다.

  "쓰읍… 이상한데? 검사 좀 다시 해보자."

  병원에 갔을 때 가장 무서운 말이 뭘까? 첫 번째는 "쓰읍", 두 번째는 "이상한데?"다. 실제로 당해 보니 솜털이 곤두섰다. 덜덜 떨며 목줄을 넘겼다. 한참이 지나도 모리가 오지 않는다. 이쯤 되면 검사 결과가 나와야 하는데….

  수의사 선생님들끼리 회의를 하신다. 뭐 때문에 이렇게 오래 걸리는 걸까. 불안함에 손톱만 열심히 물어뜯었다. 들어오라고 해서 발을 질질 끌며 들어가니 수의사 선생님 네 분이 진지한 표정으로 손깍지를 끼고 있다. 메디컬 드라마 같은 상황이었다. 이게 무슨 상황이지?

"연희야, 모리가 생각보다 상태가 많이 안 좋아. 안락사를 해야 할 수도 있어."

"너한테 날짜를 정하라고 하는 건 너무 힘든 일이니까, 우리가 정해 줄게, 딱 100일 있다가 안락사하자."

뭐라고요? 이렇게 갑자기요? 이게 대체 무슨 일이야. 얘기를 들어보니 남은 오른쪽 뒷다리의 슬개골탈구와 고관절탈구가 너무 심한데다가 선천적인 기형으로 관절 축이 완전히 뒤틀려서 곧 무너질 것 같다고 한다. 그나마 앞다리가 멀쩡하면 휠체어라도 하고 살 수 있는데, 두 앞다리도 관절이 정상이 아닌 상황이다. 뒷다리가 망가지고 나면 앞다리도 무너질 것 같다고 했다. 다리는 한두 개 없어도 살 수 있지만 네 개가 없는 건… 쉽지 않다.

그렇다. 개가 다리가 하나도 없이 어떻게 산단 말인가? 순간 다리 없이 몸통만 남아 데굴데굴 구르는 모리가 머릿속에 스쳐 지나갔다. 안 돼, 절대 안 돼. 너무 무서운 상상이었다. 그러면 응가는 어떻게 하고, 산책은 어떻게 한단 말인가. 한시도 가만히 못 있는 모리가 평생 누워만 있어야 한다니, 그렇게 사는 게 의미가 있을까? 내

모리에게 죽기 전에 바다를 보여 주고 싶었다.

가 모리를 수발할 수 있을까? 순간 너무 많은 생각이 스쳐 지나갔다. 어떡하지? 나는 너무 놀라서 아무 말도 못 하고 있는데 갑자기 대장 수의사 선생님이 막 울기 시작하셨다.

"연희야 미안해, 모리가 이렇게 아픈 줄 알았으면 너한테 보내지 말걸, 우리가 너한테 너무 큰 상처를 준 것 같아. 미안해."

평소에 너무 호탕하셔서 세상 사람들이 다 울어도 이 선생님만큼은 울지 않을 거라고 생각했었기 때문에 그제서야 실감이 났다. 이게 진짜라고? 옆에서 우니 갑자기 나도 막 눈물이 났다. 군대도 다녀온 남자 수의사 선배 네 명이랑 같이 엉엉 울었다.

모리야! 이게 도대체 무슨 일이야, 이거 다 장난이지? 살려고 얼마나 발버둥 쳤는데, 겨우 살아났는데, 또 죽음의 문턱에 선 거야?

너무 보내 주기 싫었다.

"안락사 안 하면 안 될까요?"

"모리가 말은 못 해도 많이 아플 거야, 계속 아프게 두는 건 사람 욕심일 수 있어."

하루하루 아프게 살 바에는 고통을 덜어 주는 것이 나은 걸까? 모리랑 하루라도 더 살고 싶은 마음이 내 욕심인 걸까? 하지만 내가 무슨 권리로, 얘를 죽이고 살리고 한단 말인가. 내가 그래도 되는 걸까?

"어차피 100일쯤 되면 못 걷기 시작할 거야. 그때쯤 병원에 와. 보내 주자."

모리를 데리고 집에 가는데, 어떻게 집에 왔는지조차 기억이 없다. 모리는 속도 모르고 평소처럼 사고를 친다. 말릴 기운도 없다. 모리야 너 죽는대. 어떡하면 좋을까.

*

우리 개가 얼마 못 산대요.
그래서 연애할 시간이 없을 것 같아요

모리가 죽는 날을 내가 알고 있다는 것은 참 이상한 일이다. 외출을 하고 집에 돌아오면 모리가 혹시 걷지 못하고 있을까 봐 걱정이 되었다. 우리의 이별이 생각보다 빨리 오면 어쩌지, 나도 모르게 집에 가는 길을 뛰어서 갔다. 만난 지 얼마 되지도 않은 모리는 너무 많은 고비를 넘겼다. 이제 조금 친해져 가는데, 우리의 인연은 여기까지인 걸까?

나는 마음을 강하게 먹기로 했다. 보호자가 슬퍼하면 개도 그걸 느낀다던데 누워서 울기만 하기에는 우리의 시간이 너무 짧았다. 아까웠다. 친구가 말했다.

"한 번 사는 견생 햄버거도 막 주고 그러자. 미국에서는 그런대."

맞아. 남은 견생 아쉽지 않도록 마지막 길 못해 본 거 없게 다 해 줄게. 맛있는 거 다 먹게 해 줄게. 나의 모든 남는 시간을 너랑 보낼게. 고민하다가 몇 달 전에 소개팅으로 만난 남자에게 연락을 했다.

"우리 개가 얼마 못 산대요. 그래서 내가 연애할 시간이 없을 것 같아요."

우리는 쿨하게 연락을 중단했다. 난생처음 해본 소개팅은 이렇게 일단락이 되었다. 일단은 모리가 더 소중하니까. 모리에게는 나뿐이니까.

남는 건 사진이라고 했다. 매일 모리와 함께한 날들을 일기로 쓰고 사진으로 남겼다. 모리가 떠나고 나서도 모리를 추억하고 싶어서. 바다도 가고, 산에도 가고, 같이 먹고 자고 놀고 새로운 친구도 사귀고, 웃고 울고. 마음의 준비를 하기 시작했다. 장례업체를 알아봤고, 펫로스 증후군 다큐멘터리도 봤다. 십수 년을 함께한 가족의 죽음이 어떤 건지, 그 고통이 차마 상상이 되지 않아서 울었고, 조금 있으면 나도 그렇게 되겠지, 내 일이 되겠지 하고 울었다. 너 없는 밤은 어떨까. 낮은 어떨까. 주말은 어떨까. 너는 어때 모리야? 물어보고 싶었다. 너는 준비된 거니? 너는 어떻게 하고 싶어. 정말 내가 너 대신 결정해도 될까? 죄책감에 대답 없는 물음만 계속되었다.

그런데 정말 이상하게도 모리의 굽었던 앞다리관절이 점점 펴지기 시작했다. 바닥에 딱 달라붙어 있던 다리가 점점 세워졌다. 그러면서 키가 더 커져서 높은 곳에도 입이 닿았고 식탁에 있는 음식을 몰

래 훔쳐가다가 걸린 적도 몇 번. 쉬다가 걷다가 쉬다가 걷다가 하던 모리는 어느 새 쫓아가는 내가 숨이 찰 만큼 잘 뛰게 되었다. 덜그럭거리던 보행도 자연스러워졌다.

천천히 찾아온 변화를 처음에는 눈치채지 못했다. 그런데 텅 빈 운동장에 둘이 앉아 있다가 모리가 갑

자기 앞발로 모래를 파는 것을 목격했다.

'모리 앞다리가 정말 좋아졌나 봐.'

떨리는 마음으로 병원을 다시 찾았다. 검사 끝에 수의사 선생님이
말씀하셨다.

"흠, 안락사 안 해도 되겠는데?"

모리야 살았다! 말로 표현할 수 없는 기쁨이었다.

*

연희가 밤새 간호한 벌이에요, 죽이지 마세요

앞에 슬쩍 내가 동물행동학 공부를 좀 많이 했다고 언급했는데,
사실 나는 행동학 덕후다. 후천적인 흥미라기보다 나는 그냥 이렇게
태어난 게 아닐까 하는 생각이 든다. 자아가 생기는 나이, 나의 첫
기억이 시작된 5살부터 살아 있는 것들, 숨 쉬는 것들을 유난히 좋
아했다. 친구들이랑 공기놀이하는 것보다 길바닥에 있는 이끼를 몇
시간이나 들여다보는 것이 좋았다. 그리고 내 소중한 동물, 식물 친
구들을 괴롭히면 나는 절대 가만히 있지 않아서 갖가지 창의적인 방
법으로 벌레를 고문하던 남자애들과 싸움질을 하곤 했다.

이런 성향은 나이가 들수록 확고해져서 아스팔트에 있는 지렁이
를 집어서 흙에 던져 주지 않으면 등교를 못 하는 지경에 이르렀다.

같이 등교하던 친구들은 나를 버리고 가기 일쑤였다. "아, 이연희 또 지렁이 주워. 그냥 버리고 가자." "너 때문에 또 지각이잖아."

진짜 미안하다고 친구들에게 소리치면서도 나는 매번 말라가는 지렁이를 지나치지 못했고 폐가 터질 만큼 달려 겨우 지각을 면하곤 했다. 어른이 된 나는 아직도 길에 있는 지렁이를 옮긴다. ·

집 주변의 동물을 구경하는 건 오랜 취미가 되어 버렸다. 몇 시간째 똑같은 행동을 구경하다 보면 자연스럽게 의문점이 든다. '쟤들은 왜 저럴까?' 궁금한 게 너무 많고 궁금한 건 절대 못 참는 나는 도서관에서 아무 동물 책이나 빌려 읽기 시작했다. 한때는 앉은자리에서 책을 7권씩 해치우곤 했는데, 그러면서 동물행동학이라는 학문에 대해 알게 되었다. 책 속의 사람들이 나를 이해해 주고 위로해 줬다. 든든한 동지를 얻은 느낌이었다. 나도 이 사람들처럼 되고 싶다. 나도 이런 일을 하고 싶다. 그때부터 최재천, 리처드 도킨스, 제인 구달 같은 동물행동학자가 될 거라고 세상에 떠들고 다녔다.

한 번은 겨울마다 집단으로 동면을 하는 특성이 있는 무당벌레 무리가 하필 우리 교실을 동면 장소로 삼았다. 온갖 잔인한 방법으로 무당벌레를 죽이는 애들을 보고 울고불고 난리를 쳤던 기억이 있다. 담임 선생님이 인상 깊으셨는지 그걸 생활기록부에 써 주셨다. 그때 나는 아무리 울어도 세상은 바뀌지 않는다는 것을 깨달았다.

벌레 때문에 싸움을 하다가 남자애들이 "그렇게 벌레가 불쌍하면

고기는 왜 먹는데?"하고 따졌다. '그러게, 내가 고기를 왜 먹지?'
생각했다. 그때가 중2였다. 인터넷에서 자료를 찾아보니 공장식 축
산업의 폐해가 많았고, 동물권에 대해 알아가기 시작했다. 중2병으
로 채식을 시작했다. 그 이후로 아주 엄격하진 않지만 10년째 채식
을 지향하고 있다.

　고등학생이 되어도 나는 비슷했다. 교실에 벌이 들어와서 애들이
소리를 지르고 난리가 났다. 선생님이 벌을 죽이려고 했는데 내가
바락바락 대들어서 면담을 한 적도 있다. 그때부터였던 것 같다. 누
군가를 지키기 위해서 투쟁할 것인지 설득할 것인지에 대한 고민을
시작하게 된 건.

　어느 날 교무실에 힘없는 벌 한 마리가 들어왔다. 금방이라도 죽
을 것 같았던 벌을 선생님이 죽이려고 해서 내가 주워 와서 교무실
한쪽에 쪼그려 앉아 설탕물을 먹였다. 야자(야간자율학습) 감독 선
생님 한 분은 나를 구경하고, 나는 야자 시간 내내 벌에게 설탕물을
줬다. 비실비실한 벌은 야자 시간이 끝날 때까지 기운을 차리지 못
했다.

　다음 날 한 선생님께 벌 소식을 들었다. 다음 날 교무실에 벌이 날
아다녀서 한 선생님이 때려잡으려고 했는데 야자 때 구경하시던 그
선생님이 말리셨다고. "연희가 어제 밤새 간호한 벌이에요, 죽이지
마세요." 하고 그 벌을 창밖으로 날려 보내셨다고 한다. 그때 살리

고자 하는 진심은 언젠가 통한다는 것을, 누군가에겐 전해지고 누군가의 생각을 바꿀 수 있겠다는 희망을 품게 되었다.

고등학생 때는 유기견 센터로 봉사 활동을 다녔다. 수많은 개들이 한꺼번에 짖는 소리 때문에 귀에 대고 고래고래 소리를 지르지 않으면 의사소통이 어려운 보호소에서, 나는 슬픔과 분노를 느꼈다. 개를 이렇게 많이 버리다니. 봉사를 하러 가면서 내가 도움이 된다는 사실이 기쁘기도 했지만 복잡한 기분이 들었다. 내가 아무리 깨끗하게 이곳을 치우더라도 이 개들은 여기에 계속 남아 있겠구나. 본질적인 도움을 줄 수 없겠다는 생각에 마음이 아팠다. 한 번 두 번 유기견 센터를 방문하면서 이상한 행동을 하는 개들이 점점 눈에 들어왔다. 계속 발을 물어뜯는 개도, 사람만 보면 심하게 짖는 개도, 빙빙 도는 개도 있었다. 내가 알던 건강한 개들과는 다른 모습이었다.

궁금한 마음에 검색을 하다가 사람 정신과와 비슷한 학문인 동물행동학에 대해 알게 되었다. 사람들은 왜 개를 버릴까 조사해 보니 많은 사람들이 배변, 짖음과 같은 문제행동 때문에 반려동물을 포기한다고 했다. 아파서, 늙어서, 돈이 없어서도 아니고 이런 이유로 개를 버리다니. 어이없는 이유였다. 이유가 그거라면 더 많은 동물을 살리기 위해 내가 할 수 있는 일이 없을까? 사람과 동물이 편하게 같이 살려면 서로를 이해하고 맞춰 나가야 하는데, 사람에게도 동물에게도 꽤 어려운 일이겠다는 생각이 들었다. 버려진 개들로 가득 찬 보호소에서 나는 다짐했다. 수의사가 되자. 동물행동학을 하는 수의사가.

반려동물과 보호자의 통역 역할을 해 주는 수의사가 되고 싶었다. 동물과 사람 둘 다 행복할 수 있도록 도와주고 싶었다. 가끔은 학교 화장실에 몰래 들어가 변기에 쪼그려 앉아 울기도 하면서 안 되는 머리로 열심히 공부했고, 수의대에 지원해서 합격했다. 합격하고 약 1년 반이 지난 지금, 나는 모리를 만났다.

내가 수의사가 되어야겠다고 다짐한 이유가 바로 모리처럼 힘들어하는 동물들을 돕고 싶어서였다. 나는 모리를 어떻게든 불안하지 않게 해 주고 싶었다. 어떻게든 모리의 사회성을 길러 주고 싶었다. '이러려고 열심히 행동학 공부를 했나 봐.' 하고 의욕이 넘쳤다. 어찌 보면 내가 모리 교육에 극성인 것도 당연했다. 모리 나이 추정 생후 10개월째, 아는 지식을 총동원해서 모리 사회화 훈련을 시작했다. 그게 문제의 발단이었다.

*

모리 사회화 훈련을 시작하다

모리가 짖는다. 모리가 사람에게 달려든다. 모리가 사람을 문다.

어쩌다 이렇게 된 걸까? 그동안의 기억이 주마등처럼 스쳐 지나가고 나는 몸을 움직일 수가 없다. 과거로 돌아가 보자. 언제부터였지? 돌이켜 보면 문제는 언제나 사소한 것에서부터 시작한다.

　우연히 어떤 강의를 들었는데 외부인을 경계하고 무서워하는 개를 교육하는 법에 대한 강의였다. 모르는 사람이 꾸준히 간식을 주면 개는 '아 모르는 사람이 올 때마다 좋은 일이 생기는구나.'라고 생각하고 낯선 사람을 좋아하게 된다고 했다. 사람을 무서워하고 경계하는 모리에게 안성맞춤이었다. 그때부터 나는 모리를 데리고 걸어서 20분 정도에 위치한 작은 공원에 찾아가기 시작했다. 밤마다 사람들과 개들이 몰려드는 우리 동네의 핫 플레이스다. 하지만 다리가 아픈 모리를 데리고 가는 것은 꽤 고역이었다. 천천히 걷다가 모리가 지쳐서 누워 버리면 27킬로그램의 개를 업고 갔다. 불쌍한 내 두 무릎이 지르는 삐거덕거리는 비명소리를 애써 무시한 채 걷다가 쉬고, 물 마시고, 다시 모리가 조금 걷고, 모리를 업고, 다시 쉬고를 반복하다 보면 공원까지 가는 데만 40분가량이 걸렸다. 공원에 도착하면 사람들의 관심은 늘 모리에게 쏠리곤 했는데 커다랗고 시커멓고 다리도 하나 없는 개는 굉장히 눈에 띄는 존재였다. 가끔은 사람들이 쭈뼛쭈뼛 다가와 물어보기도 했다.

"우와, 개 사진 찍어도 돼요?", "개 만져 봐도 돼요?"

사람이 가까이 올 때마다 모리는 커다란 덩치를 내 다리 뒤로 숨기고 눈을 커다랗게 뜬 채 어쩔 줄 몰라 했다. 그때마다 생각했다.

"모리야, 조금만 참아. 저 사람들은 너를 좋아해. 나쁜 사람들이 아니야. 우리 조금만 강해지자. 너는 할 수 있어. 시간이 지나면 금방 좋아질 거야."

원래도 모르는 사람에게 덥석덥석 말을 잘 거는 나는 평소보다 조금 더 용기를 내서 모르는 사람들에게 부탁을 했다.

"혹시 저희 개에게 간식 좀 주실 수 있나요? 저희 개가 사람을 무서워해서 연습하는 중이에요."

어느새 이게 우리의 일상이 되었다.

세상에는 생각보다 마음 착한 사람이 많아서 우리를 도와주시려는 분들이 많았다. 모리에게 간식을 주면 모리는 흰자를 데굴데굴 굴리다가 간식을 먹었고, 난 그런 변화가 너무 기뻤다.

사람들이 "개 만져 봐도 될까요?"라고 하면 나는 만져 보라고 했다. 그러면 모리는 반응 없이 가만히 있었다. 점점 사람 손에 익숙해지겠지 하고 생각했다. 하지만 노력한 것에 비해 별로 효과가 나타나지 않았다. 오히려 다른 효과가 있었다. 그러한 변화들은 내가 눈치채지 못할 만큼 조금씩 서서히 나타났다.

*

모리, 사람을 향해 짖다

여느 때처럼 모르는 분께 부탁을 해서 모리 간식을 먹이고 있었다.

"혹시… 개 만져 봐도 될까요?"

"네 괜찮아요!"

손이 모리 머리에 닿는 순간 모리가 "왁!" 하고 짖었다.

그분은 놀라서 뒤로 물러섰다. 이런 적은 처음이어서 나도 놀라고 그분도 놀라고 모리는 더 놀랐다. 놀란 마음을 추스르고 사과를 했다.

"죄송해요, 저희 애가 평소에 이런 적이 없는데…. 오늘따라 예민한가 봐요. 정말 죄송해요. 괜찮으세요?"

다행히 친절하게도 내 사과를 받아 주셨고 모리와 나는 서둘러 집으로 돌아가기로 했다. 달빛 아래 인적이 드문 산책로를 걸어 집으로 가는 길, 곰곰이 생각했다. 모리가 왜 그랬을까? 오늘따라 다리가 아픈가? 기분이 안 좋은가? 혹시 그분이 개를 키우셔서 모르는 개 냄새가 나는 걸까? 아니면 갑자기 머리를 만져서 놀란 걸까? 고민해 봐도 알 수 없었다. 고된 산책길이 힘들어 누워 있는 모리에게 말을 걸었다.

"모리야. 나도 너와 같은 언어로 대화할 수 있으면 좋을 텐데. 대충은 무슨 마음인지 알 것 같은데…. 자세한 내용은 알기가 너무 어려워. 꿈에라도 나와서 오늘 무슨 마음이었는지 나한테 말해 주면 안 될까?"

물어봐도 모리는 답이 없다. 내일은 오늘보다 더 편안한 산책이 되기를 기도하며 모리 옆에서 잠이 들었다.

그런 마음들이 무색하게도 모리는 시간이 지날수록 더 불안해 보였다. 모리는 점점 내가 원하지 않는 방향으로 변하고 있었다. 낯선 사람이 주는 간식을 잘 받아 먹다가도 "악!" 하고 짖었고, 그다음엔 "으아악~" 하고 짖었고, 그다음엔 "으아아아악~~" 짖으며 달려들기도 했다. 아무리 모리를 진정시키고 막아 보려고 해도 소용이 없었다. 그럴 때마다 사람들의 눈에는 공포와 불안, 경멸, 혐오가 어렸다. 매번 진심으로 사과드렸지만 달빛 아래 모리를 데리고 축 처진 어깨로 집을 향할 때면 그 눈빛들이 머릿속에 맴돌아 죄책감과 자괴감이 들었다. 나도 모르게 이런 생각이 들기도 했다.

'아니야, 그 사람이 오늘 유난히 크게 움직여서, 갑자기 머리를 만져서, 눈을 똑바로 쳐다봐서, 소리를 크게 질러서, 멀리서부터 달려와서 모리가 놀란 거야. 개 에티켓을 모르는 그 사람들도 조금 잘못이 있어.'

그렇게 남 탓을 하면서도 나는 알았다. 도저히 모리가 왜 짖는지 모를 때가 더 많다는 것을. 분명히 내 개인데, 무슨 생각인지 도통 알 수가 없었다.

*

모리를 수레에 싣고 오간 긴 시간은 무의미했다

모리가 처음으로 사람을 향해 달려든 날, 그날은 유난히 날씨가 좋은 밤이었다. 젊은 커플이 계속 주변에서 서성거리다가 모리에게 관심을 가지고 다가와 모리를 만져 봐도 되냐고 물어봤다.

'모리가 물면 어떡하지… 안 된다고 해야 하는데…'라고 생각하는 순간 여자 분이 "제가 대형견을 키웠었는데, 저희 개가 떠올라서요, 한 번만 만져 보면 안 될까요?"라고 하는 게 아닌가.

'그래, 개도 키워 보셨다고 하고, 저렇게까지 말하는데 어떻게 안 된다고 하겠어.'

결국 만져 보셔도 된다고 말을 했다. 모리의 이마를 쓰다듬으려고 할 때 모리가 갑자기 달려들며 손을 물려고 했다. 물기 전에 얼른 손을 빼서 다행히 물리지는 않은 것 같았다.

"그러니깐 만지지 말라고 했잖아, 정말!"

남자 분이 여자 분을 꾸짖었고, 두 분 다 놀랐는지 빠르게 사라져 버렸다. 나는 모리랑 덩그러니 길에 서 있었다. 별일 아닐 거야 하고 스스로를 다독이면서 집으로 돌아가는 길. 발걸음이 너무 무거웠다. 괜찮은 게 맞을까? 하늘을 보니까 달이 너무 밝았다. 별일 아닌데 나는 왜 이렇게 마음이 불안한지. 원래 개들은 이마를 만지면 무서워한다고 하니까, 앞으로는 이마만 안 만지면 될 거야, 사람들이 무례하기 때문이야. 그때는 그렇게 생각했다. 그때는 괜찮을 줄 알았다.

그때부터 어떻게 하면 모리가 사람들과 잘 지낼 수 있을지 계속 고민하기 시작했다. 개를 기르는 친구들에게 도움을 요청했다.

"애견 카페에 가면 사회성이 좋아진다더라. 우리 개도 처음에는 다른 개들과 잘 지내는 법을 몰랐는데 애견 카페에 계속 가다 보니까 다른 개들한테 혼나면서 배우고, 나중에는 다른 개들이랑 재밌게 놀고 오더라고."

지금은 무서워하더라도 꾸준히 다른 개들을 만나면 언젠가 모리도 잘 지낼 수 있을 거라는 희망이 생기는 순간이었다.

애견 카페를 찾아서 택시까지 타고 먼 길을 갔다가 셰퍼드는 받아 주지 않는다고 문전박대당하기도 했다. 대형견을 받아 주지 않는 애견 카페도 있다. 그래도 어딘가 모리가 갈 데가 있지 않을까? 어떻게든 다른 개들을 만나게 해 주고 싶었다. 그때쯤 기적처럼 대형견도 갈 수 있는 반려견 운동장이 오픈했다. 운 좋게도 걸어서 2킬로미터 정도 거리였다. 하지만 모리의 체력으로는 왕복으로 걸어갈 수 없는 거리였다. 반려견 운동장까지 걸어가면 너무 지쳐서 힘들게 갔다가 누워만 있다가 돌아올 것 같았다.

그래서 모리를 캠핑용 수레에 태웠다. 체중 27킬로그램의 모리를 무게 10킬로그램인 수레에 태우니 총 37킬로그램이었다. 체중 47킬로그램인 내가 37킬로그램의 수레를 30분 정도 질질 끌고 가서 도착하면 완전히 녹초가 되어 버렸다. 돌아올 때도 마찬가지였다. 안 그래도 고된데 모리는 계속 수레에서 뛰어내렸다. 머리를 콩 쥐어박고 싶을 때가 많았다. 다리가 아파서 걷지도 못하면서 왜 자

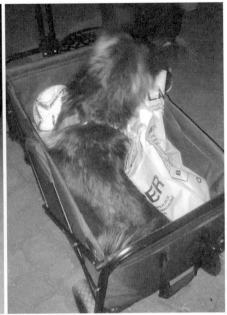

꾸 뛰어내리는지 이해가 안 되었다. 개용 유모차가 존재하는 이유
를 알 것 같았다.

체력은 자신 있다고 생각했는데 주말마다 수레를 끄는 건 꽤 힘
든 일이었다. 이렇게 힘들게 다녔는데도 모리는 별로 즐거워 보이지
않았다. 갈 때마다 모리는 긴장하고 신경이 곤두서 있었고 쉽게 예
민해졌다. 다른 개들에게 공격적으로 짖었고 개를 데려온 사람들에
게도 마찬가지였다. 모리가 짖을 때 나는 심각한 줄 몰랐다. 개를

키워 본 적이 없었기 때문에 이게 공격하려고 짖는 건지, 노는 건지 구분하는 게 너무 어려웠다. 불안한 마음으로 어떻게 해야 할지 몰라할 때면 이미 늦은 경우가 많았다.

반려견 운동장에서 모리에게 잠깐 시선을 떼고 친구와 이야기하던 사이, 한 개 보호자가 모리 사진을 찍으려고 모리에게 가까이 다가왔다. 그러자 모리가 짖으면서 달려들었다. 비명 소리가 들려 돌아보니 물지는 않았지만 모리는 흥분해 있었다. 보호자는 심하게 놀란 상태였다. 너무 죄송하다고 사과를 하니 괜찮다고 말해 주었지만 나한테도 충격이었고 온종일 마음이 좋지 않았다. 반려견 운동장을 갔다오면 갔다올수록 마음에 상처가 하나씩 생기는 듯했다. 아무도 나를 탓하지는 않았지만 나를 탓할 만한 일이어서 힘들었다.

*

심하게 물지 않았다고 괜찮은 게 아니다

그래도 나는 주말이면 반려견 운동장에 또 갈 수밖에 없었다. 이럴수록 모리를 더 자주 데려가야겠다는 생각이 들었다. 그때의 나는 그 방법이 최선이라고 생각했다. 모리가 또 공격적인 성향을 보일까 봐 두려웠지만, 그래도 가야만 했다. 모리를 위해서.

한 번은 반려견 운동장을 방문했을 때 반려견 운동장 사장님의

아들이 있었다. 초등학교 고학년 정도로 보였는데 또래 남자 아이들이 그렇듯이 개구쟁이 같지만 착하고 좋은 아이였다. 모리가 혹시라도 아이한테 공격적으로 굴까 봐 모리를 감싸고 "절대 만지면 안 돼요!"라고 말했다. 사장님 부부는 신경이 곤두서 있는 내가 안쓰러웠는지 따뜻하게 대해 주셨다. 모리를 싫어하는 사람만 만났던 터라 정말 감사했다. 불안하지만 긴장이 약간 풀렸고 조금 안심된 마음으로 운동장 벤치에 앉아서 모리랑 놀고 있었다.

그러다가 잠깐 정신을 팔았는데 아이가 모리한테 다가갔나 보다. 아이가 비명을 지르면서 울어서 뒤돌아보니 모리가 이미 아이 허벅지를 문 것 같았다. 나는 너무 놀라서 아이에게로 달려가서 아이를 끌어안고 미안하다고 계속 말했다. 부모님이 물린 곳을 확인했는데 다행히 겉으로는 아무 상처도 없었다. 아이는 놀라서 계속 울고, 나는 순간 어떻게 해야 할지 몰라 정신이 아득해졌다. 너무 많은 감정이 한꺼번에 닥쳐와서 머리가 어지러웠다.

그때 사장님이 아들을 혼냈다.

"그러니까 아빠가 모르는 개는 만지지 말라고 했잖아."

자세히 기억이 나지 않지만 이런 내용의 말이었다. 그곳은 대형견을 키우기도 해서 당연히 다른 개도 순하리라 생각했을 것이다. 차라리 나를 혼내시지… 마음이 힘들고 슬펐다. 이번 일로 아이가 개에 대한 트라우마라도 생긴다면 그건 순전히 내 잘못이다. 겉으로는 상처가 보이지 않는다고 하더라도 마음에는 상처가 남을 수도 있다. 죄책감 때문에 괴로웠다.

내가 손님이고, 사장님도 공격성이 있는 셰퍼드를 키우고 계신 분이니까 이해해 주셨다. 사장님이 돌보는 셰퍼드도 공격적이라서 평소에는 풀어두지만 사람이 있으면 가둔다고 했다. 사장님의 이해가 없었다면 일이 커졌을 것이다. 보통은 부모님이 절대 가만히 있지 않을 테니. 그때부터 내 마음에 있던 불안이 공포로 자리매김하게 되었다. 이제 모리를 데리고 밖에 나가는 건 너무 공포스러운 일이 되어 버렸다.

그런데도 나는 또 그곳에 모리를 데리고 갔다. 지금 생각해 보면 이해가 되지 않지만 그때는 모리가 다른 사람과 개를 만나는 것만이 나와 모리를 구원할 수 있다고 생각했던 것 같다. 그래서 염치없게도 거길 또 갔다.

모리와 산책할 때면 대부분의 사람이 싸늘한 눈초리로 바라보는데 그래도 개를 키워 보신 분들은 이해해 주는 편이다. 이해하고 위로해 주는 게 참 고마웠다. 반려견 운동장은 소형견 운동장과 대형견 운동장이 펜스로 나누어져 있다. 나는 펜스를 사이에 두고 소형견 운동장에 온 분과 이야기를 나누었다. 다리가 하나 없는 모리가 안쓰러웠는지 좋은 말씀을 많이 해 주었다. 주인이 없는 개를 데려다가 키운 적도 있는 분이어서 공감대가 많아 대화가 즐거웠다.

그분이 펜스 사이로 모리한테 간식을 주기도 했는데 모리도 경계심 없이 잘 지냈다. 개를 많이 키워 보신 분이라 개를 배려하고 대하는 법도 잘 아시는 것 같았고, 모리도 마음을 연 것 같았다. 그때 그분이 대형견 운동장에 들어와 우리 쪽으로 다가왔다. 순간 더 가까이 오면 모리가 물 것 같다는 생각이 들어서 모리를 붙잡았는데 그분이 모리를 만져도 되냐며 손을 뻗었다. 그 순간 모리가 그분 다리를 물었다. 바로 뒤로 물러났지만 이미 물린 뒤였다.

"아까 간식 주면서 많이 친해졌다고 생각했는데 제가 갑자기 다가간 거니까 제가 잘못한 거죠. 괜찮아요."

괜찮다고 했지만 멍이 들었을 것이다. 괜찮다고 해 줘서 고맙지만 이해해 줬다고 모리가 사람을 문 게 괜찮은 건 아니다. 솔직히 정신적인 충격이 크게 와서 잠시 멍했다. 모리를 수레에 싣고, 질질 끌고 집에 가는데 너무 힘들고 추워서 몸도 마음도 만신창이였다. 집에 오니까 눈물이 났다. 모리와 나는 앞으로 어떻게 되는 걸까? 우리는 어떻게 해야 할까? 그 이후로 반려견 운동장에는 가지 않았다.

*

내 개도 통제하지 못하면서 좋은 수의사가 될 수 있을까

모리는 점점 짖었고, 그다음에는 짖으면서 달려들었고, 그다음에

는 사람을 물었다. 그 일련의 과정은 내가 눈치채지 못할 정도로 빠르게 진행되어서, 내가 정신을 차린 순간에는 이미 공격적인 개가 되어 있었다. 노력했지만 잘못된 방향으로 가는 바람에 오히려 모리를 공격적으로 만들었다.

모리는 점점 더 공격적으로 변해 갔다. 산책하다가 주변에 사람이 지나가기만 해도 짖으면서 뛰어들었다. 나는 산책을 할 때 모르는 사람이 가까이 오기만 해도 모리가 짖을까 봐 불안과 공포에 떨었다. 그래서 새벽에 산책을 하다 보니 수업 시간에는 졸기 일쑤였다. 죄책감과 자괴감이 들었고 어째야 할지 감도 오지 않았다.

매일 인터넷으로 영상을 보고 책을 읽으면서 따라해 봤지만 잘 되지 않았다. 처음에는 내 개가 다른 사람을 문다는 것을 인정할 수가 없었다. '예민해서 그런 거야, 아파서 그런 거야, 다른 사람들이 개를 대하는 예의가 없는 거야.' 하고 회피했다. 하지만 결과적으로 모리는 '무는 개'였고 그건 벗어날 수 없는 현실이었다. 혼자서는 도저히 해결할 수 없는 문제였다. 세상 아무도 나를 도와주지 않았다. 절망적이었지만 그래도 모리를 포기할 수는 없었다.

주변 사람들의 반응도 좋지 않았다.

"애초에 너처럼 덩치도 작은 여자애가 대형견을 키우는 것부터가 감당이 안 되는 일이지. 그러니까 내가 처음부터 개를 키우지 말라고 했잖아."

"개가 사람을 물면 안락사하는 게 당연하지. 그냥 병원에 가서 안락사해."

"개가 버릇이 없어서 그러니까 물려고 할 때마다 주둥이를 한 대씩 때려 봐."

"네가 모리한테 뭔가 잘못해서 모리가 복수하려고 사고 치는 거 아냐?"

어이없고 아픈 말을 듣는 것도 힘들었지만 아무 말 하지 않고 있는 사람들과 있어도 나는 마음이 불편했다. 말은 하지 않아도 어색하게 웃는 표정에서 그들의 마음속 말이 느껴지는 듯했다. 오히려 말하지 않는 게 더 괴롭게 느껴질 때가 많았다. 남들이 나를 뭐라고 생각할까, 모리를 뭐라고 생각할까? 생각할수록 더 괴로웠다. 남들에게 직접적으로 피해를 주고 있는데도 해결할 수 없는 나 자신이 너무 미웠다. 마침내 '내 몸뚱아리 하나도 간수하지 못하면서 개를 키우기로 한 결정이 잘못된 것일까?'라는 생각이 들기 시작했다. 훈련사에게 맡겨 보면 어떠냐는 말도 들었지만, 사실 아는 훈련사도 없고 어디에 맡겨야 할지도 막막했고, 비용에 대한 걱정도 컸다. 경제력 없는 주인이라서 모리에게 너무 미안했다.

무지한 주인이라서, 무능한 주인이라서 면목이 없었다. 잘 할 수 있을 것 같았는데, 어느 순간 모리를 행복하게 해 줄 자신이 점점 없어졌다. 수의대 학생이다 보니 더 그렇게 느낄 수밖에 없었다. 나는 이제 몇 년 후면 수의사가 된다. 내 개도 통제하지 못하는데 남의 개를 치료할 수 있을까라는 생각에 더 우울해졌다.

행동학 수의사가 되어서 동물과 인간이 서로를 이해하는 데 이바지하겠다는 부푼 꿈을 가지고 대학에 입학했는데 내 개도 통제하지 못해 다른 사람에게 피해를 준다니 죄책감이 엄청났다. 어디선가 주인이 믿음직하지 못하면 주인을 보호하기 위해서 개가 산책할 때 예민하게 반응한다는 말을 들었다. '내가 믿음을 주지 못하기 때문에 모리가 나를 보호하려고 짖는 건가? 모리가 생각하기에는 내가 나약한 주인일까?', '내가 모리를 보호해 줘야 하는데 모리가 나를 보호해 주기 위해서 더 공격적으로 변하는 건가?' 모리가 왜 그러는지 도저히 알 수가 없는 답답한 나날이 지속되었다.

*

무수한 노력을 했지만 나는 실패했다

그 이후로도 여러 가지를 시도했다. 모리 몸이 아프다 보니 예민해져서 공격성을 보이는 게 아닐까 생각했다. 진통제를 먹으면 나아질까? 하지만 모리가 아픈지 알 수 없다. 건강하던 개가 갑자기 아프면 변화를 눈치챌 수 있지만 모리는 태어날 때부터 다리가 아팠기 때문에 모리가 얼마만큼의 통증을 느끼고 살았는지 알 수 없었다.

아프면 낑낑거리거나 다리를 만지는 걸 싫어하는 반응을 보일 텐데 산책하다가 지치는 경우는 있어도 '깽' 하고 아파하는 경우는 거의 없었다. 모리가 될 수 있다면 모리가 얼마나 아픈지 알 수 있을 텐데, 모리는 말을 할 수 없으니 얼마나 아픈지 알 길이 없었다. 다리가 너무 아파서 그런가 싶어서 진통제를 처방받아 먹여 봤지만 누워서 잠만 잘 자고 그 외에는 딱히 변화가 없었다.

방학 내내 영상을 보고 책을 읽으며 공부를 했다. 직접 훈련을 시도해 보기도 했다. 친구들의 도움을 받아 몇 차례 시도해 봤으나 오히려 모리를 자극하는 것 같았다. 낯선 사람을 만나는 훈련을 하기 위해서 친구를 집으로 부르자 집에 들어올 때부터 모리는 심하게 짖었다. 산책하면서 낯선 사람을 만날 때보다 더 심하게 흥분하는 것 같았다.

산책하다가 모리가 짖으면 모리를 안고 도망가거나 자리를 피할 수 있지만 집에서는 모리가 그 사람으로부터 완전히 멀어질 수도 없고 계속 같이 있어야 하니까 더 두려운 상황이 계속되었다. 친구가 바닥에 간식을 놓으면 내가 목줄을 잡고 모리를 데리고 쫓아가면서 간식을 먹이기도 했지만 조금 진정된 것 같다가도 또 짖었다. 목줄을 잡고 있긴 했지만 맹수처럼 친구한테 달려들었다. 간식을 먹여야 하니까 입마개를 할 수도 없어서 더 난감했다. 친구가 나한테 조심스럽게 물었다.

"이런 개를 도대체 어떻게 키워?"

할 말이 없었다. "그러게." 이 말 말고는 할 말이 없었다. 나라도 친구 집에 가서 이런 일을 겪는다면 비슷한 반응을 보였을 것이다. 친구들에게 모리를 보여 주는 것이 부끄럽기도 했고, 친구들에게도 미안한 일이었다. 모리도 싫어하고 흥분해서 더 하면 안 될 것 같았다.

야외에서도 시도해 봤다. 운동장에서 간식을 바닥에 두고 거리를 두고 따라가면서 모리가 간식을 먹게 하는 그림자 산책을 했다. 친구가 앞서 걸으며 간식을 바닥에 놓으면 모리가 간식을 먹으면서 천천히 뒤따라가는 훈련이다. 모리에게 상대적으로 위협을 덜 주면서 사람에 대한 긍정적인 경험을 주는 것이다. 그런데 간식을 먹이려면 입마개를 벗겨야 하니 그것도 문제였다. 친구와 거리를 두고 나란히 걷는 평행 산책도 시도해 봤으나 별로 효과가 없는 듯했다.

그렇게 시간이 흘러갔다. 최선을 다했다고 생각했는데 점점 상태가 나빠졌다. 나중에 알고 보니 모리의 공격성을 교정하기 위해 시도한 것들은 모두 모리에게 맞지 않는 교육이었다. 이 방법들이 잘못되었다는 것이 아니라 모리에게는 맞지 않는 방식이었다. 내가 실패했듯 다른 사람들도 인터넷 영상을 믿고 그냥 따라하면 안 되겠다는 생각이 들었다. 똑같이 짖는 것처럼 보여도 공격성에는 다양한 원인이 있다. 원인을 제대로 파악하지 못하고 일반적인 방법으로 해결하려고 하면 오히려 공격성이 더 심해질 수 있고, 그 과정에서 반려동물도 반려인도 큰 고통을 받게 된다. 나는 오랫동안 그걸 몰랐다.

*

자살예방센터에 전화를 하다

갑자기 살던 아파트에서 더 이상 살지 못하게 되었다. 모리는 같이 사는 친구들과 그들의 개에게 공격성을 보였고, 모리가 불안한 듯 어지럽힌 집안을 바쁘다는 핑계로 내가 잘 정리하지 못한 게 이유였다. 모두 나의 잘못이었다. 친구들에게도, 모리에게도 미안해서 눈물이 났다. 앞날이 막막했다. 새벽에 혼자 길을 걷다가 자살예방센터에 전화를 했다. 진짜 자살하고 싶어서가 아니라 누가 나를 좀 도와줬으면, 어떻게 하라고 좀 알려줬으면 싶어서였다.

"제가 개를 키우는데요, 지금 같이 살 집도 없고요. 개가 자꾸 아프고, 저는 돈이 없고, 개가 자꾸 사람도 물고, 제가 너무 힘들어요."

"아… 힘드시겠지만 개를 포기하셔야 할 것 같아요."

"아… 네…."

전화를 끊었다. 모리랑 살 집이 아무 데도 없을 것 같았다. 초가집 같은 곳에서 마당에 모리를 묶어 놓고 살아야 하나, 그런 곳은 지금보다 월세가 셀 텐데, 일단 휴학을 해야 하나…. 부모님이 돈을 못 내주시면 어떻게 하지?

막막한 마음에 정처 없이 걷다가 엄청 허름한 원룸을 발견했다. 등 뒤로는 공동묘지가 있고, 앞에는 밭이 있고, 대낮에도 햇볕이라고는 하나도 안 드는 집. 무조건 찾아가서 집을 봐도 되냐고 물었다. 아저씨가 화색을 하고 달려 나오셨다. 월세 27만 원! 나름 괜찮네. 눈치를 보다가 말을 꺼냈다.

"저… 근데 개 키워도 돼요…?"

집주인 아저씨 표정이 싹 바뀌었다.

"아, 진작 말했어야지. 안 돼. 전에 살던 사람이 개를 키웠는데 털 때문에 화장실이 막혀서 완전 대공사를 했잖아."

"집에서 목욕 안 시키고, 밖에서 바가지로 물 떠서 마당에서 시킬게요."

"안 돼. 말이 되는 소리를 해야지."

이렇게 될 줄 알았다. 또 정처 없이 떠돌다가 허름해 보이는 집의 임대 전단지를 발견하고는 그 자리에 서서 전화를 걸었다.

"여보세요? 집 보고 싶어서 전화드렸어요."

"아, 거기서 잠깐만 기다리세요. 당장 갈게요."

얼마 지나지 않아 흰색 승용차 하나가 내 앞으로 미끄러져 왔다.

아저씨가 차에서 내려서 반갑게 인사를 하셨다. 알고 보니 집주인 아저씨가 아니라 부동산 아저씨였다.

"전화하신 분이시죠? 일단 타세요."

뭐야, 나 납치되는 거야? 모르는 아저씨 차를 이렇게 막 타도 되나? 차를 타고 가는데 아저씨가 어떤 집을 원하느냐고 물었다. 눈치를 보다가 슬쩍 말을 꺼냈다.

"저… 근데 강아지 키우는데요."

"강아지 키우면 집 구하기 좀 어려우실 수 있어요."

"근데 저 말할 게 하나 더 있는데요. 강아지가 셰퍼드고 27킬로그램이에요."

"보통 그러면 강아지라고 안 하고 개라고 하지 않나요?"

아저씨 표정에서 난감함이 느껴졌다. 잘못 걸렸다고 생각하시는 것 같았다. 그래도 부동산 아저씨는 성실하게 할 일을 다 했고, 집을 여러 군데 돌아봤는데 잘 모르겠어서 며칠 후 엄마가 내려오시니까 같이 집을 보기로 했다.

며칠 후 엄마랑 같이 부동산 아저씨 차를 타고 가는데 엄마는 자꾸 부동산 아저씨에게 말을 건다.

"저희 애가 수의학과 학생인데요, 진짜 죽어도 이 개를 키워야 된다고 하잖아요. 전생에 인연이 있나 봐요."

어떻게든 제발 집을 구해 달라는 무언의 압박이었다. 가장 인상 깊었던 동네가 있다. 가로등도 없는 시골길을 꼬불꼬불 걸어가면 논밭 사이로 시골집들이 있는데 탄성이 절로 나왔다. 흑백영화에서나 볼 법한 집이었다. 도어락도 없고 열쇠로 잠그는 문은 발로 차면 다

부서질 것 같았다.

"엄마 여기서는 개 키워도 된대. 나 이 동네에 아는 외국인 친구도 많고, 괜찮은 것 같은데?"

엄마가 사정없이 인상을 썼다. 아무리 그래도 너무 위험해 보인다고 했다. 회의를 했다. 엄마랑 내가 원하는 조건은 이랬다.

1. 모리랑 같이 살 수 있어야 한다.

2. 월세 상한선은 30만 원.

3. 모리 다리가 아프니까 1층.

4. 학교랑 가까워야 한다.

5. 안전해야 한다.

내가 생각해도 양심이 없다. 예능 프로그램 '구해줘 홈즈' 정도로 어려운 수준 아닌가. 근데 부동산 아저씨는 대단한 분이었다. 모든 집주인이 나를 거절하니까 집주인을 직접 찾아가 끝까지 설득했다. 덕분에 부동산에 마주 앉아 계약서에 도장을 찍을 수 있었다.

"원래 안 된다고 하려고 했는데 부동산 사장이 자꾸 수의학과 학생이 혼자서 힘들게 개 키우는데 대견하지 않냐고 우겨가지고…"

그렇게 나는 집을 구했다. 집주인 아저씨가 집주인이 아니라 주인님으로 보였다.

집에 들어가니 싱크대 서랍 손잡이 한쪽이 떨어져서 달랑거리고 있었다.

"이거 고쳐 드려야 하는데…."

"됐어요, 됐어요. 안 고쳐 주셔도 돼요. 저 진짜 한쪽만 있어도 상관없어요. 싱크대 서랍 잘 쓰지도 않아요."

어떻게든 쫓겨 나지 않으려는, 집주인의 미움을 받지 않겠다는 발악이었다. 앞으로 미움받을 일이 많을 테니. 그렇게 나는 기적처럼 모리랑 같이 살 집을 구했다. 보증금 200만 원에 월세 30만 원. 나에게 너무 과분하고 아름다우며 감사한 집이었다. 좀 작으면 어때. 모리랑 몸 누일 곳이 있다는 게 축복이지.

*

나는 모리를 지키고 모리는 나를 지킨다

공격적인 대형견을 키우는 건 분명히 힘들지만 집에 절대 도둑이 들 수 없다는 장점이 있다. 모리가 나를 지켜준 적이 몇 번 있었다.

여느 날처럼 모리와 산책을 마치고 집에 돌아가고 있는데 싸우는 소리가 들렸다. 소리를 쫓아가 보니 한 커플이 소리 높여 싸우고 있었는데 상황이 위협적으로 보였다. 남자가 고함을 지르며 여자를 때리려고 하는 것 같았다. 충분히 위협적으로 보여서 말려야 한다는 생각이 들었는데 너무 무서웠다. 심장이 쿵쿵 뛰었다. 그래도 내가 막지 않으면 큰일이 벌어질 수도 있다는 생각에 가까이 다가가 말리려고 말을 걸었다. 그때 너무 당황해서 내가 뭐라고 했는지도 기억이 잘 나지 않지만 대충 이런 식으로 말했던 것 같다.

"저기요, 제가 아까부터 지켜봤는데 지금 여자분한테 뭐 하시는 거예요?"

그러자 무시무시한 쌍욕이 돌아왔다. 짐작은 했지만 무섭고 당황스러웠다. 남자는 나를 무시한 채 여자에게 다시 소리를 지르기 시작했다. 무슨 용기인지 모르겠지만 내가 또 끼어들었다.

"저기요. 시끄러우니까 조용히 해 주세요!"

남자가 무서운 표정으로 나를 쳐다보자 모리 눈이 뒤집혔다.

"와와와와왕!!!"

모리가 난리를 치기 시작했다. 그러자 결국 남자는 슬슬 도망가 버렸다. 모리를 데리고 집에 돌아왔는데 여전히 심장이 쿵쿵 뛰었다. 부모님께 이 일을 이야기했다가 한 소리 들었다. 모리가 있어서 망정이지 그러다가 위험한 일에 휘말려서 큰일이라도 났으면 어쩌냐는 것이었다. 다 맞는 말이다. 모리가 없었더라면 한 대 맞았을지도 모르지. 모리가 공격적인 게 처음으로 조금은 고마웠던 순간이다.

한 번 더 고마운 일이 있었다. 택배 아저씨가 오는 날이었는데 문을 덜 닫은 채 속옷만 입고 자고 있었다.

"와와와와왕!!!!"

"으아아악~."

성인 남성의 비명을 듣고 잠이 깼다. 주섬주섬 옷을 입고 밖에 나가 보니 현관문이 열린 채로 복도에 택배 상자가 던져져 있고 모리가 화가 잔뜩 난 채 있었다. 무슨 일인지 영문을 알 수가 없어서 택배 기사님에게 전화를 하니 현관문이 활짝 열려 있어서 집 안에 들여놓아 달라고 열어놓은 줄 알고 들어갔다가 깜짝 놀라셨다고. 모리가 몸으로 문을 밀었는지 현관문이 활짝 열려 있었는데 갑자기 큰 개가 튀어나와 짖어서 엄청나게 놀라셨다고 했다. 죄송하다고 연거푸 사과를 드렸다. 그런데 모리가 짖어서 기사님이 나가지 않으셨으면 속옷만 입은 내 모습을 공개할 뻔했다. 짖으면 안 되지만 그래도 이날은 고마웠다.

이날 모리가 심하게 짖어서 민원이 들어왔는데 자초지종을 설명하니 이웃들이 모두 이해해 주셨다. 이번만큼은 모리에게 조금 고마웠다. 내가 모리를 지켜주니까, 모리도 나를 지켜준다.

*

같이 울어 주는 친구들

시간은 흐르고 이사를 한 후 모리를 입양하겠다던 사람은 어느 순간 사라져 버렸다. 게다가 나도 갑자기 이사를 가게 되어 이사갈 집을 찾아야 하는 시간이 굉장히 우울하고 힘들었다. 사람은 모르는 것에 공포를 느낀다고 한다. 나는 모리랑 행복해지고 싶은데 미래가 너무나도 불명확했다. 모리를 제대로 키울 수 있을지 없을지도 알 수 없는 상황이었다.

힘들어하고 있던 와중에 고등학교 친구인 J와 G가 멀리 경기도에서 경상남도 진주의 내 자취방까지 와 줬다. 5시간 정도의 시간이 걸리는 굉장히 먼 거리인데 내가 힘들어하는 걸 알고 선뜻 와준 친구들이 정말 고마웠다. 세상 모든 사람이 모리를 미워한다고 생각했는데 지지해 주는 친구들이 있어 사무치게 고마웠다.

늘 말로만 듣던 모리를 직접 본 친구들은 모리가 너무 크다며 놀랐다. 당시 모리의 공격성이 최고조를 찍을 때였다. 친구들과 함께 모리 간식을 주는 훈련을 하려고 잠시 입마개를 빼놓고 안전사고에 대비해 친구를 이불로 돌돌 감았다. 그런데 모리가 친구를 싸고 있는 이불 솜이 밖으로 터져 나올 정도로 찢기 시작했다. 친구가 공포에 떨면서도 애써 안 무서운 척하는 모습에 더 미안했다. 이 상황이 너무 어이가 없어서 식은땀까지 났다.

다른 친구는 모리와 같은 공간에 그렇게 오래 있지도 않았는데 갑자기 알레르기 증상이 나타나기 시작했다. 개털 알레르기였다. 알레르기가 있으면서 여기까지 온 것이다. 고맙고 미안했다. 그간 친구들에게 자세한 이야기는 털어놓지 않다가 저녁에 술 한 잔 하면서 모리와 함께하는 나의 생활을 털어놓았다. 그런데 이야기를 듣던 친구들이 갑자기 울기 시작했고 나도 눈물이 났다. 같이 울어 주는 친구가 있어 정말 감사했다. 친구들의 눈물이 무엇보다도 나한테 용기를 주는 것 같았다. 즐거운 시간을 보내고 친구들을 보내는데 해결된 것은 아무것도 없었지만 이상하게도 잘해 나갈 수 있다는 희망이 생겼다. 좋은 친구들 덕분에 오늘도 한 발짝 더 내딛는다.

내 친구 중에 모리가 가장 좋아하는 사람은 중학교 때 친구인 H다. 서울에 사는 H는 종종 머나먼 우리 집까지 와서 놀다가 간다. 오랜만에 만난 H가 모리를 그린 그림을 선물해 줬다. 정말 고마웠다. H는 내가 아는 사람 중 모리를 가장 좋아하는 사람이다. 무슨 말을 해도 모리 편이고, 항상 모리가 귀엽다고 말해 준다. 내가 "모리가 귀엽다고 말하는 사람은 너밖에 없어."라고 말하면 H는 "에이 그럴 리가. 모리가 얼마나 귀여운데."라고 말한다.

모리가 공격하려 해도 별로 두려워하지 않고, 모리가 어떤 행동을 해도 별로 나쁘게 받아들이지 않는다. H는 행동이 작고 목소리가 낮고 조용한 성격이라 모리의 심기를 별로 거슬리지 않는다. 모리도 그래서 H를 더 편안해하는 듯하다. H는 고양이도 진돗개도 키워 봤기 때문에 모리도 잘 다루는 것 같다.

모리를 응원해 주는 사람을 만나면 참 고맙고 소중하다. 보통 모리를 싫어하는 사람이 더 많기 때문이다. 모리가 짖어서, 공격하려 해서, 대소변을 봐서, 밖에서 산책해서, 커서, 아파서, 설사해서, 물어서, 다른 개를 괴롭혀서, 장애가 있어서, 아니면 그 존재만으로도 모리를 싫어하고 날카로운 말을 하는 사람들이 많다.

나는 사람들의 미묘한 표정 변화에도 큰 상처를 받는다. 산책하다가 듣는 말, 내가 친하다고 믿었던 사람들이 모리에게 하는 말도 힘들었고, 내가 좋아하는 사람들이 모리를 두려워하는 모습을 보는 것도 괴로웠다.

이제는 모든 사람이 H처럼 모리를 편하게 대할 수 없다는 것을 안다. 모리는 다른 개들과 조금 다르다. 불안하고 두려움이 많은 개다. 모리는 대형견이고, 장애견이다. 모리는 공격성이 있다. 나는 그런 모리를 나의 존재보다 더 사랑한다. 모든 사람이 모리를 사랑할 수는 없지만 몇 명이라도 모리를 응원하고 좋아해 준다면 그걸로 나는 행복할 것 같다.

차는 빵빵거리고, 모리는 수레에서 떨어지고…

모리와 함께하는 극한 등교

이사한 뒤에 모리가 많이 불안해했다. 한 번은 친구가 집에 왔다가 가서 잠깐 배웅을 간 사이 1분을 못 참고 모리가 하울링을 하기 시작했다. 한밤중이었는데 정말 당황스러웠다. 그렇게 나는 모리를 집에 두고 집 앞 1분 거리인 슈퍼도 못 가게 되었다. 이사도 간신히 했는데 이러다가 집에서 쫓겨나겠다는 생각이 들었다.

다행히도 수의대생이다 보니 내가 학교에 있는 동안 모리를 잠깐 맡길 곳이 학교에 있었다. 천만다행이었다. 그런데 문제는 일찍 일어나는 게 너무 힘들다는 거였다. 수의대는 대체로 오전 9시에 수업이 있고, 집에서 학교까지 걸어가면 넉넉잡아 15분 정도 걸린다. 그런데 그 거리를 모리와 함께 걸어가면 거의 40분이나 걸렸다. 걸었다가 앉았다가 걸었다가 하는 바람에 시간이 너무 지체되었다. 게다가 가끔 너무 힘들면 모리가 아예 일어나지 않을 때도 있는데 그러면 40분이 넘게 걸릴 때도 있다. 모리가 바닥에 누워 버리면 그날은 학교에 못 가는 불상사가 생기기도 한다.

그래서 모리를 캠핑용 수레에 태우고 매일 등교를 했다. 사람들은 수레를 타고 가는 개를 신기해했다. 등교하는 많은 학생들이 모

리를 쳐다보면 나는 부끄러워서 땅 밑으로 숨고 싶었다. 모리는 그 와중에 계속 수레에서 뛰어내렸고 나는 창피해서 식은땀이 났다. 어떻게든 벗어나고 싶어서 수레를 끌면서 뛰고 있는데 뒤에서 차가 빵빵거린다. 빨리 비키라는 말인 줄 알고 더 빨리 달렸는데 뒤를 돌아보니 모리가 저 멀리 떨어져 있었다. 사람들은 킥킥 웃고 박장대소를 한다. 아찔한 순간이었다.

사람들의 관심을 피하려면 더 일찍 일어나서 사람이 없는 시간에 등교해야 했다. 아침에 일찍 일어나는 게 죽기보다 싫은 나에게는 정말 힘든 일이었다. 매일 모리를 끌고 등교하면 학교 주차장 직원분이 힘내라고 응원해 주시는 게 일상이었다. 정말 감사하지만, 그때는 약간 창피했다. 가끔 늦게 일어나서 등굣길을 모두의 관심을 받으며 뛰어가 모리를 맡기고 아슬아슬하게 수업 시간에 맞출 때도 있었다. 그런 날에는 수업 시간에 졸기 일쑤였다.

정말 문제는 비 오는 날이었다. 수레를 끌어야 하니까 우산을 들 수 없어서 나도 모리도 우비를 입고 학교에 갔다. 그런 날은 도착 시간이 더 늦어지고, 아무리 우비를 입었어도 도착해 보면 머리끝부터 발끝까지 쫄딱 젖을 수밖에 없다. 그런 나를 보던 동기 하나가 "너도 참 애쓰면서 산다." 하고 혀를 쯧쯧 차던 게 아직도 생각이 난다.

수업이 끝난 후 모리를 데리고 집으로 돌아갈 때는 다행히 천천히 가도 된다. 하지만 모리를 데리고 집에 간 후에는 집에 갇혀서 아무데도 갈 수 없다. 1분만 나가도 모리가 울고불고해서 도저히 나갈 수 없다. 잠깐 집 밖에 쓰레기를 내놓을 때도 모리를 데리고 나가서 쓰레기를 버린 다음에 다시 모리를 데리고 집에 들어와야 했다. 편의점을 가려고 시도해 봤는데 모리를 편의점 뒤에 잠깐 묶어 두니까 모리가 몸부림을 쳐서 목줄을 벗고 편의점 문 앞에 떡하니 앉아 있었다.

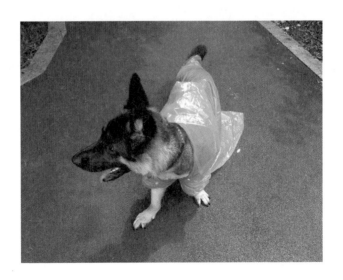

그 뿌듯한 표정이 아직도 기억난다. 한밤중이라 손님이 아무도 없어서 망정이지 편의점으로 들어가려는데 커다랗고 시커먼 개가 입구를 떡하니 막고 있으면 굉장히 공포스러웠을 것이다. 그래서 그 뒤부터는 튼튼한 목줄로 바꾸고 길이 조절을 한 후에 묶어놓았다.

그날도 최대한 빨리 나오기 위해서 머릿속에 구매 리스트를 적어놓고 편의점에 뛰어 들어가서 살 것들을 쓸어 담고 있는데 무슨 소리가 들렸다.

"쿵!쿵!"

편의점 사장님이 무슨 소리인지 확인하려고 조심스럽게 밖으로 나갔다. 표정이 비장했다. 취객이나 도둑이라고 생각하셨던 것 같다. 설마 모리는 아니겠지 하고 나도 나가 보니 아니나 다를까 모리가 벽에 몸통 박치기를 하고 있었다. '은혜 갚은 까치'처럼 온몸을 벽에 들이박고 있었다. 모리가 온몸으로 유리벽을 쳐서 벽이 울렸다는 걸 안 사장님이 들어오시면서 놀란 알바생을 안심시켰다.

"아, 그게 어떤 견공 분께서 그만…."

모리를 견공이라고 불러주는 사람은 처음 만났다. 이제는 편의점도 못 가겠구나 생각했다. 완전 망했다!

그렇게 몇 주를 반복하다 보니 온몸에는 근육통이 생겼고, 다리는 무처럼 튼실해졌다. 매일 37킬로그램(모리 27킬로그램+수레 10킬로그램)을 끌고 등하교를 하고, 군것질도 못 하니까 그렇게 되었다.

그사이 친구도 못 만나고, 집에 오면 그냥 뻗어서 잤다. 누워서 천장을 보고 있으면 사는 게 왜 이렇게 고달플까 하는 생각이 머리를 스치고 지나갔다. 자고 일어나 눈을 뜨면서 모리가 27킬로그램이 아니라 2.7킬로그램이 되게 해 달라고 신에게 간절히 빌었다.

그런데 몇 주의 적응기를 거치면서 나는 새로운 사실을 알게 되었다. 모리가 내가 나가고 나서 딱 30초만 울고 그다음부터는 울지 않는다는 것을 발견했다. 그리고 얼마 되지 않아 내가 나가도 울지 않고 가만히 있게 되었다. 내가 밖에 숨어서 혹시 시끄럽게 하는지 듣고 있을 때도 모리는 가만히 있었다. 다행이었다. 그날 이후 나와 모리가 함께하는 등교는 끝이 났다.

가끔 모르는 사람이 "그때 비 맞으면서 수레에 개 태워서 끌고 가던 사람 맞죠?" 하고 물어보는 일이 있다. 나는 그 사람을 모르는데 우리 동네 사람들은 나를 다 알고 있는 듯하다. 많이 민망하긴 하지만 그냥 받아들이기로 했다.

*

책임감이 너무 커서 모리가 주는 행복을
느끼지 못하고 있었다

한동안 여러 가지 일로 모리를 키우는 일이 버거웠다. 남들은 개

를 기르면 즐겁다는데 나는 왜 이렇게 힘들고 괴로운지, 개를 키우고 우울한 날이 늘었다.

'이렇게 개 키우는 게 힘든데 다른 사람들은 개를 어떻게 키우는 걸까? 개를 왜 키우지?'

괴로웠다.

그랬던 내 생각이 어느 날 바뀌었다. 창밖은 깜깜했고 나는 모리랑 침대에 앉아 있었다. 문득 베란다 유리창에 비친 내 모습을 봤는데 내가 모리를 보며 환하게 웃고 있었다. 내가 저렇게 행복한 표정을 지을 수 있었나? 나도 몰랐던 내 모습이라 낯설었다.

나는 언제 행복했는지 곰곰이 생각해 보았다. 모리와 등을 맞대고 잠들고, 일어나고, 서로를 바라보는 일상적인 순간순간이 나에게 정말 큰 기쁨과 안정을 주고 있었다. 나는 몰랐지만 모리는 변함없이 늘 내게 행복을 주고 있었다. 내가 모리에게 느끼는 책임감이 너무 커서 그걸 모르고 있었다. 반려동물은 존재만으로도 내 삶을 더 가치 있게, 더 책임감 있게, 더 강하게 만들어 주는 존재였다.

모리를 입양하기 전 모리가 많이 아팠을 때 안타깝다는 생각은 들었어도 솔직히 눈물이 날 만큼 슬프진 않았다. 그런데 요즘은 모리가 조금만 아파도 마음이 찢어지게 아프다. 모리와 몇 년간 함께하며 모리를 사랑하는 마음이 점점 커졌나 보다. 처음에 모리를 데려왔을 때 나는 나보다 더 좋은 보호자가 나타난다면 쿨하게 보내

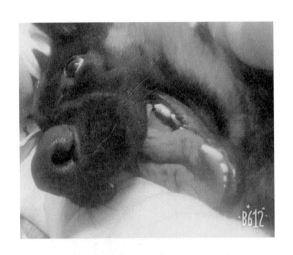

줄 수 있을 줄 알았다. 그런데 시간이 지날수록 그런 다짐이 흐려졌다. 이제는 내가 모리가 없으면 안 될 것 같다. 절대 보낼 수 없을 것 같다. 이런 사랑하는 마음이 가끔은 너무 커서 무섭기도 하다. 내게 이런 사랑을 알려준 모리가 참 고맙다.

*

동물행동학 전문의의 도움을 받다

시간이 지나면서 나는 모리가 공격성이 있는 개라는 것을 받아들이게 되었다. 더 이상 모리를 사람들이 많은 곳에 데려가지 않았다.

입마개를 착용하고 사람이 없는 시간인 새벽에만 산책했고 산책하
다가 가끔 사람을 만나면 멀리 피해 다녔다. 예상치 못한 상황에 사
람이 갑자기 나타나면 모리는 짖었고 그럴 때마다 나는 죄송하다고
사과했다.

　이사를 하고 나서 모리의 공격성이 조금 잠잠해졌지만 그렇다고
해서 모리의 상태가 지금 상태로 유지되기만을 바라지는 않았다.

모리가 더 편안한 마음이었으면 했고, 시한폭탄 같은 상태로 두고 싶지 않았다. 무엇보다 모리가 너무 괴로울 것 같았다. 사실은 내가 괴로웠다. 그리고 어찌되었건 모리는 내가 데려온 개이기 때문에 내가 책임을 져야 했다. 여기저기 사과하고, 신경이 곤두선 상태로 산책하러 다니고, 집에 손님이 오면 모리를 진정시키느라 진땀을 빼는 일이 거의 반년간 지속되고 있었다.

나 혼자서는 해결할 수 없는 일이었고 전문가의 도움이 간절하게 필요했다. 그때 내게 정말 엄청난 일이 벌어졌다. 미국 UC데이비스 UC DAVIS 수의과대학 동물행동학 레지던트 과정을 밟고 있는 김선아 수의사님이 모리를 도와주시겠다고 한 것이다. 김선아 수의사님은 고등학교 3학년 때 《데일리벳》이라는 수의사 신문을 통해 알게 되었다. 동물행동학 수의사가 되고 싶었던 나는 당시 한국 유일의 동물행동 클리닉을 운영하는 수의사님의 팬이 되었고, 수의사님의 모든 강연을 들었고, 팬레터도 열심히 보냈다. 일개 학생인 나를 수의사님은 따뜻하게 품어 주셨고, 많은 것을 가르쳐 주셨다. 그런데 이번 일로 실질적인 도움을 받게 되었다. 기대도 하지 않았는데 로또에 당첨된 기분이었다. 그동안 누군가의 도움이 절실했는데 수의사님이 내밀어 주신 도움의 손길이 감사했다. 이제 어떻게든 해결이 될 것 같았다. 그동안의 일이 주마등처럼 스쳐 지나가면서, 희망이 찾아왔다.

모리의 공격성을 진단하기 위해 문진 질문지 작성이 필요했다. 보내 주신 파일에 있는 여러 가지 항목에 답변을 달았다. 다 작성하니 A4 용지로 21장 정도의 분량이었다. 하나하나 작성하다 보니 지금까지 모리와 있었던 일들이 새록새록 생각이 났다. 그동안의 일을 글로 쓰니 지금까지 있었던 일이 정리가 되었다. 엉켜 있던 고민과 생각들을 한 줄로 풀어내는 느낌이었다. 무엇보다 모리의 상태를 작성하면서 그동안의 일을 객관적으로 다시 볼 수 있었다. 문진 설문지를 선생님께 보낸 뒤 몇 가지 질문에 더 대답하는 방식으로 진행이 되었다.

　며칠 후 진단을 받았다. 모리는 두려움에 의한 공격성을 가지고 있으며, 어렸을 때 좋지 않은 환경에 살았고, 선천적 건강 문제도 많고, 행동학적 문제도 어려서 시작했으므로 유전적 요인이 큰 것으로 판단된다는 소견을 받았다. 유전적, 그러니까 모리는 조금 예민하게 태어난 것이다. 모리의 공격성은 100퍼센트 내 잘못이라고 생각했는데 유전적 소인이 크다는 말을 들으니 기분이 이상했다. 모리가 나 때문에 공격적이 되었다고 굳게 믿고 있었기 때문에 공격적인 행동을 보일 때 나를 탓하고 괴로워하곤 했다. 마음이 복잡했다. 그 중에는 안도의 감정도 있었다. 내가 모리를 잘못 키워서가 아니라 다른 이유 때문이라는 것이 내게는 큰 위안이 되었다. 죄책감이 조금 덜어지는 기분이었다.

나는 개가 공격적이면 주인 잘못이라고 생각했다. 많은 사람이 나처럼 개가 공격적일 때 사람들은 무조건 주인을 욕한다. '주인이 평소에 오냐오냐하니까 그렇겠지, 평소에 잘못 가르쳐서 그렇겠지.'라고 생각한다. 하지만 개가 공격적인 행동을 하는 이유에는 그것 외에도 다양한 원인이 있을 수 있음을 알게 되었다. 어릴 때 살았던 환경, 눈치채지 못한 질병, 통증, 품종이나 유전적 요인이 클 수 있다. 자책하는 내게 김선아 수의사님이 자책보다는 미래를 생각하며 앞으로 나아가야 한다고 말씀해 주셨다.

공격적인 개와 사는 사람 중에 무조건 자신을 탓하며 괴로워하는 분이 있다면 말해 주고 싶다. 내 개는 태어날 때부터 남들과 조금 다를 수 있다고. 내 잘못이 아닐 수 있다고. 단, 내 개가 공격적이라는 것을 알게 되었다면 최대한 조심하고 전문가의 도움을 받는 것이 중요하다고. 어떻게 보면 당연한 말이지만 나를 탓하며 괴로워하기만 하면 문제가 해결되지 않는다. 이미 공격적으로 된 내 개를 어떻게 하면 치료할 수 있을지, 남에게 피해를 주지 않을지 고민하는 게 더 중요한 것 같다. 마음속의 괴로움이 말처럼 쉽게 떠나지는 않겠지만 말이다.

힘든 일이 닥쳤을 때 정면 돌파하지 않고 피하는 것도 지혜였다

모리의 공격성에 대해 진단을 받은 뒤 김선아 수의사님과 치료 방법에 관해 이야기했다. 기본적으로 자극이 될 수 있는 모든 것을 피하기로 했다. 사람도 개도 만나지 말고 일단은 도망가기로 했다. 그래서 사람이 없는 밤에 산책하고 사람이나 개를 발견하면 돌아갔다.

배운 대로 하니 평소보다 더 편했다. 사람을 마주칠 일이 없으니 긴장할 필요도 없고 나도 마음이 편해졌다. 사실 그전에는 일부러 사람이 많은 곳으로 산책을 갔다. 그때의 나는 사람을 피해 다니는 건 도망치는 것이라고 생각했다. 그래서 모리가 더 많은 사람을 만나기를 바랐는데 모리는 더 힘들었을 것이다. 오히려 피하는 것이 모리를 더 위하는 일이었다는 것을 몰랐다. 힘든 일이 닥쳐올 때는 정면 돌파하려고 하지 말고 피하는 것도 지혜라는 것을 나는 몰랐다.

간식을 넣을 수 있는 장난감을 샀고, 입마개에 간식을 넣어 입마개를 간식 그릇처럼 사용하는 입마개 훈련도 했다. 목줄보다 앞쪽에 고리가 달린 하네스를 이용하니 갑자기 튀어 나가려고 할 때 목줄을 끌지 않아서 유용했다. 그 외에 몇 가지 훈련을 같이 연습했다. 모리는 행동 교정 약물을 몇 가지 처방받았다. 약을 먹여 보고 매일 용량을 늘리면서 잘 맞는 용량을 찾아 나가는 과정을 거쳤다. 너무 늘

어지지 않으면서 마음이 적당히 편해지는 정도의 용량을 찾았다. 약을 먹이다 보니 조금씩 변화를 관찰할 수 있었다. 모리가 점차 산책하면서 조금씩 편안해 보였다. 두리번거리면서 항상 경계하는 모습이었는데 조금씩 사람을 덜 쳐다보기 시작했다. 사람이나 개를 피해다니다 보니 약의 효과인지 아니면 자극원을 만나지 않아서 얌전해진 건지 약간 아리송했으나 모리가 편해 보이는 것은 느껴졌다.

모리는 처음 가는 길은 두려워서 잘 걷지 못하고 주저앉는다. 처음에는 다리가 아파서 그런다고 생각했는데 평소에 항상 가던 길로는 잘 뛰어가면서 처음 가는 길로는 안 가는 걸 보면 모르는 길에 대한 두려움이 있는 듯했다. 조금만 무서워도 앉아서 움직이지 않던 모리가 약을 먹고 나서 조금씩 더 잘 걷기 시작했다. 이런 모리의 모습이 내게는 큰 변화로 다가왔다. 이렇게 몇 주 동안 자극원을 피하는 과정을 거쳤다. 지금은 무서워하는 마음이 크기 때문에 갑자기

사람을 만나면 오히려 역효과가 날 수 있다고 한다. 그래서 약을 먹이며 최대한 사람과 개를 피해 다녔다. 그렇게 한 지 몇 주가 흐르자 모리에게 큰 변화가 나타났다.

전에는 시야에 사람이 들어오면 무조건 그쪽을 주시했는데 사람이 가까이에서 지나가도 쳐다보지 않고 무시하는 횟수가 늘어갔다. 사람을 쳐다보는 시간도 짧아졌다. 그전에는 사람이 시야에서 사라질 때까지 보고 있는 경우가 많았는데, 치료 과정을 거치면서 사람이 처음 다가올 때는 주시하다가 시선을 거둘 때도 있고, 바라보는 시간도 짧아지는 것 같았다.

단계를 밟아가면서 2미터 정도로 사람이 가까이에 있어도 모리가 사람을 신경 쓰지 않게 되었다. 산책할 때 신경이 덜 곤두서는 것 같았다. 6~8미터 떨어진 건너편 보도블록에 있는 개를 보고 짖을 때도 있었지만 몇 주가 지나자 사람이 30센티미터 정도의 거리에서 지나가도 누워서 기다릴 수 있을 정도로 많이 좋아지다가 마침내 사람이 바로 옆으로 지나가도 크게 신경 쓰지 않는 단계가 되었다. 물론 여전히 조심하면서 사람이 지나가면 내가 모리를 막아선다.

*

반려견의 삶이 달라지면 반려인의 삶도 달라진다

치료가 효과를 보이자 선생님과 상의하여 무섭지 않을 정도의 자극을 조금씩 주는 다음 단계로 넘어가기로 했다. 약한 자극에서 시작해서 점점 강한 자극으로 넘어가는 것이다. 모리가 사람을 보고 짖으면 짖지 않을 정도의 거리를 찾는다. 사람이 지나갔을 때 짖지 않으면 간식을 주고 칭찬해 준다. 반응을 보고 점점 거리를 좁힌다. 모리가 집중하지 못하면 연습했던 '여기 봐. 터치Look, touch' 훈련을 통해 집중시킨다.

　　매일 모리가 어제보다 나아지는 것이 눈에 보였다. 오늘은 또 어떤 욕을 먹을까 걱정스러웠던 산책이 즐거워졌다. 모리가 잘하니까 내 마음도 편해졌다. 내 마음이 안정되자 산책하며 만나는 사람들도 다르게 보이기 시작했다. 전에는 저 사람이 제발 말을 걸지 말았으면, 제발 이쪽을 쳐다보지 말았으면, 다른 길로 갔으면 하고 마음속으로 빌었다. 그런데 모리가 매일 더 나아지는 모습을 보여 주니까 떨리지만 사람이 지나가는 것이 기뻤다. 모리가 얌전히 있으면 대견하고 뿌듯했다.

　　작은 성공이 반복되자 사람이 지나갔으면 하는 생각까지 들었다.

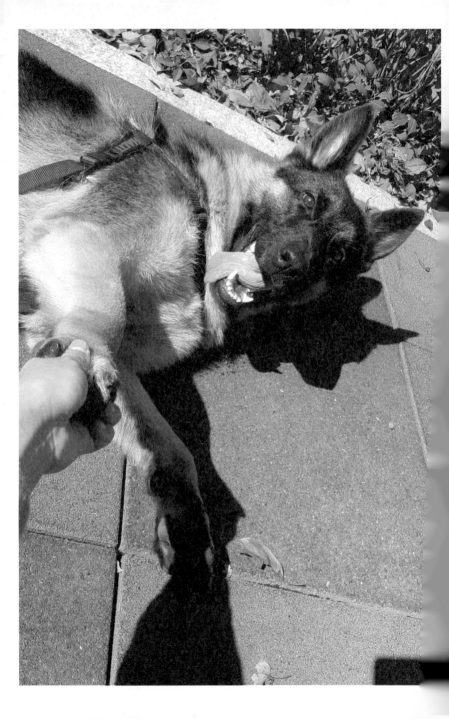

이런 변화가 너무나도 감사하고 행복했다. 그동안은 죄인처럼 늘 기죽어 다녔다. 모리가 사람을 물까 봐 벌벌 떨었다. 존재 자체가 민폐가 되지 않고 집 밖에 나다닐 수 있는 게 얼마나 큰 축복인지 모른다. 김선아 수의사님께 감사드린다.

공격적인 개를 남 앞에 보이는 것은 고통스럽고, 부끄럽고, 민망하고, 죄송하고, 면구하다. 나와 같은 상황이라면 행동학적 치료를 하면 좋을 것 같다. 동물행동학 수의사를 꿈꾸는 수의학도의 입장이자 공격적인 반려견을 기르는 보호자의 입장에서 우리 개 모리는 약물치료를 비롯한 행동치료를 통해 공격성이 많이 개선되었다.

그로 인해 모리의 삶도 나의 삶도 변했다. 그동안 산책을 할 때마다 신경이 곤두서 있던 모리는 이제 산책을 즐기며 한다. 편안한 모습이 그전보다 행복해 보인다. 모리의 마음이 편안하기를 간절히 바랐는데 드디어 소원이 이루어졌다. 행복하다. 확실히 삶의 질이 달라졌다. 이제는 낮에도 사람이 있는 곳으로 산책하러 나갈 수 있다는 것, 같이 햇볕을 쬘 수 있다는 게 큰 변화다. 모리가 산책할 때 공격적이지 않으니까 내가 받는 스트레스도 훨씬 덜해졌다. 그리고 남들 앞에서 당당하고 떳떳이 행동할 수 있게 되었다.

우리와 같은 처지라면 행동학적 치료를 권하고 싶다. 반려견의 삶이 달라지면 반려인의 삶도 달라진다.

엄마를 묻다

모리와 함께하면서 자의 반 타의 반으로 나의 거의 모든 개인 시간은 포기할 수밖에 없었다. 친구와 놀러다니거나 여행, 심지어 공부 시간도 포기했다. 많은 대학생들이 방학 때도 스펙을 쌓기 위해 이런저런 활동을 하듯이 수의대생들도 방학 때 관심 있는 분야의 동물병원으로 실습을 간다. 나도 실습을 가고 싶었고, 이왕이면 수도권으로 가고 싶었는데 모리가 걸렸다. 고민하다가 집에 전화를 걸었다.

"엄마, 나야. 왜 전화했냐면, 일단 들어봐. 우리 동기들은 다 방학 때 동물병원으로 실습을 간단 말이야. 근데 나는 모리랑 같이 진주에 있잖아. 그럼 나는 실습 못하잖아. 다른 애들은 다 실습하는데 나중에 취업할 때 병원 입장에서는 당연히 실습 많이 한 학생을 뽑고 싶잖아."

"나는 나중에 서울에서 일하고 싶은데 실습 경력이 없어서 내가 가고 싶은 병원에 취업을 못할 수도 있잖아. 그럼 당연히 이번 방학 때 당장 서울에서 실습을 해야겠지?"

"근데 모리를 두 달 동안 남한테 맡길 수가 없잖아? 모리는 막 사람 보면 물고 그러니깐 친구가 봐줄 수도 없고 반려견 호텔에 맡기기엔 돈도 많이 들잖아. 그러니깐 방학 동안만 엄마 아빠 집에서 살면 안 될까?"

협박 아닌 협박에 부모님이 결국 백기를 들었다. 부모님에게 뭔가를 이렇게 강력히 요구한 적이 없었는데 이게 통하는구나! 나는 차도 운전면허도 없고, 사람만 한 셰퍼드와 기차도 버스도 탈 수 없으니 부모님이 4시간을 운전해 우리를 데리러 오셨다. 엄마 아빠는 오랜만에 보는 딸이 달려와 너무 보고 싶었다고, 역시 엄마 아빠랑 사는 게 최고라고 말하며 포옹하는 감동의 순간을 바라셨겠지만 그러기에 나는 정신이 하나도 없었다.

'낯선 사람들이 시끄럽고 정신없게, 우리 집에 침입해서, 며칠을 있다가 갈 텐데, 모리가 버틸 수 있을까? 못 버티면 어떻게 하지? 일단 모리에게 입마개를 할까? 간식을 주면서 친해져야 하니까 일단 입마개를 벗길까? 첫 만남은 집 안이 좋겠지? 엄마 아빠를 침입자라고 생각할 수 있으니 밖에서 만날까?'

엄마 아빠를 만나기 전에 이런저런 복잡한 고민을 하고 있다가 거의 1년 만에 만나는 부모님을 집 앞에 세워 두고 나는 고래고래 내 말만 했다.

"엄마 아빠 반가운데 얘기는 나중에 하고 일단 잠깐 길에 서 있어 봐! 나 모리 데리고 나올 테니까! 일단 무조건 내가 시키는 대로만 해야 돼! 모리가 놀라니까 꼭 천천히 움직이고 말도 크게 하면 안 돼, 알겠지?"

그러고는 후다닥 집 안으로 쏙 들어가 버렸으니 얼마나 황당했을까?

고민한 끝에 모리를 데리고 나왔다. 부모님이 간식을 떨어뜨리면서 앞서 걸었고 모리랑 내가 따라서 걸었다. 간식을 주워 먹으면서 냄새를 맡고 친해지자는 계획이었다. 그런데 문제가 생겼다. 갑자기 집 앞에서 굉음을 내는 공사가 진행되어 주황 조끼를 입은 아저씨 열 명가량이 서성이고 있었다. 그런데도 나는 내가 모리와 부모님 모두를 통제할 수 있다는 큰 착각에 빠져서 우왕좌왕하다가 엄마와 모리의 거리가 너무 가까워져 버렸다. 내가 방심한 십분의 일초, 아니 백분의 일 초 사이의 찰나에 모리가 엄마를 물었다. 머리가 하얘졌다.

모리는 짖으면서 엄마한테 달려들었고 엄마는 "으악!" 소리를 질렀다. 슬로모션처럼 상황이 지나갔다. 황당하고 어이없고 절망적이었다.

당장 모리에게 입마개를 씌우고 엄마를 살폈다.

"엄마, 괜찮아?"

"응… 괜찮아… 근데 엄청 아파. 멍들었을 것 같아."

"엄마 미안해. 일단 집에 들어가자."

집으로 들어왔는데 분위기가 싸늘하다. 엄마는 허벅지에 휴게소에서 파는 알감자만 한 시퍼런 멍이 들었다. 바지가 두꺼워서 다행이었다. 피부에 구멍이 나지는 않았지만 말도 안 되는 상황이었다.

"아까는 놀라서 잘 몰랐는데, 시간이 지나니깐 더 아픈 것 같아."

말문이 막혔다. 엄마한테 뭐라고 사과를 해야 할까. 이 상황을 어찌해야 하나. 앞으로 부모님 집에서 모리랑 어떻게 두 달을 살지? 그 와중에 눈치 없는 모리는 시끄럽게 낑낑거렸다. 가뜩이나 참고 있는 부모님의 인내심에 불을 붙인 모리.

"연희야 미안한데 엄마는 솔직히 별로 자신이 없어. 지금이라도 취소하고 싶어."

백번 이해한다. 나 같아도 딸이고 뭐고 바로 짐 싸서 서울로 올라갈 것 같다. 그래도 이미 선배한테 부탁하고 원장님들에게 연락하며 힘들게 실습 일정을 세 군데나 잡았는데 취소할 수는 없었다. 슬쩍 딸의 꿈과 희망과 미래 등을 언급하며 일단락지었다.

"낑낑낑낑 낑낑낑 낑낑낑."

모리가 새벽 내내 계속 눈치 없게 낑낑거려 부모님은 시끄러워서 잠을 잘 수 없었고, 나는 걱정으로 잠이 오지 않았다. 결국 세 식구가 밤을 꼬박 새웠다. 서로 안 자는 걸 분명히 알고는 있는데 아무도 말을 안 하는 상황. 한숨만 나왔다. 모리야 앞으로 우리 어떡하냐 진짜. 잘하자 제발. 마음속으로 빌고 또 빌어도 대답 없는 밤이었다.

최선을 다했으니 이제는 모리를 보내 줘라

서울에서 실습하기, 모리랑 같이 있기, 부모님 집에서 살기. 내가 원하는 조건이 모두 충족되었다. 다 내 마음대로 하고 있으니 분명히 기쁨에 날뛰어야 하는데, 내 배가 불렀다는 것도, 감사해야 한다는 것도 정말 잘 안다. 그래도 이건 너무하지 않아?

그때 우리 가족의 삶의 질은 갑자기 굴러들어온 모리와 나 때문에 수직 낙하 중이었다.

일단 엄마는 집 안에 갇혀 원치 않는 감금 생활을 시작하게 되었다. 모리와 지내는 내 방이 현관 앞에 있는 바람에, 현관에 인기척이 날 때마다 모리가 우렁차게 짖었다. 모리의 목청이 크니 민폐이기도 하고, 한 번 물린 트라우마로 엄마는 현관 쪽으로는 아예 가지를 못했다. 조심하다 보니 점점 행동반경이 좁아져서 안방에서 간식거리로 끼니를 해결하고 안방 화장실만 이용하는 등 방에서 아예 나오지 않았다. 당연히 장을 보러 나가지도 못하고, 엄마 친구들이 놀러와도 돌려보내기 일쑤였다. 어느 날, 4층에 사는 아주머니가 먹을 것을 잔뜩 들고 집에 놀러왔다.

"언니 미안한데, 우리 집에 개가 있어서 내가 나가지를 못해. 먹을 것만 현관문 앞에 두고 가 줘."

아주머니는 인터폰으로 문전박대를 당했다. 아주머니에게 사과를 해야 했는데 내 마음속에서만 맴돌다 연기처럼 사라졌다. 상황이 이렇다 보니 엄마의 인내심도 한계에 다다랐다.

"요즘 우리 딸이 데려온 개 때문에 아주 골치가 아프다니까. 개가 완전 상전이야! 잠깐만, 개 주인이 눈앞에서 듣고 있어서 자세히 말할 수가 없네. 나중에 말해 줄게."

통화를 하며 대놓고 내 욕을 하는 게 아닌가.

엄마가 이런 사람이었나. 이해를 하지만 너무한 거 아닌가. 서럽지만 꾹 참았다. 참아야지 어쩌겠는가. 내 집도 아닌데…. 한편으로는 엄마가 얼마나 힘들었으면 이렇게까지 말할까 하는 생각도 들었다. 죄책감과 미안함에 하루 종일 눈치를 보다 보니 몸이 다 아픈 것 같다.

아빠도 엄청나게 고생 중이다. 프리랜서인 아빠는 모리가 오고 난 뒤 일을 못 나가신다. 나를 제외하면 가족 중 아빠만 유일하게 모리를 통제할 수 있었기 때문이다. 내가 실습을 나가면 모리를 돌볼 수 있는 사람이 없으니 아빠가 모리 보육 담당이 되었다.

덕분에 우리 집 경제는 파탄이 났다. 사춘기도 없이 어른이 되어 웬만하면 반항도, 부모님 걱정시킬 만한 일도 만들지 않았던 나. 나는 늘 부모님을 위해 열심히 공부하고 말 잘 듣는 착한 딸, 장한 딸, 부모님의 보물 1호였는데 그런 내가 난생처음으로 실망시켰다. 속상하고 고통스러웠다.

제일 불쌍한 건 내 동생이었다. 막 수능이 끝나 이제 한창 놀 때인데 모리 때문에 10시까지 집에 들어와야 했다. 사람이 들어오면 모리가 짖으니 누군가는 모리를 못 짖게 잡고 있어야 했다. 동생이 새벽에 들어오면 모리를 잡고 있을 사람이 없으니 일찍 들어오라는 게 부모님 결론이었다. 동생이 조금만 늦게 들어와도 전화로 셋이 거실에서 꼬박 밤을 새며 닦달하기를 몇 차례, 결국 동생이 백기를 들었다. 동생은 모리가 짖을까 봐 죽은 듯 숨어 지냈다. 내 옆방을 쓰는 동생은 방문을 여는 소리에 모리가 짖을까 봐 베란다로 기어서 다녔다. 그 모습을 보니 어이가 없기도 하고 솔직히 조금 웃기기도 했으나 무엇보다 언니로서 면목이 없고 미안했다. 어느 날 동생이 참다 참다 화가 나는지 울고불고해서 위로금 명목으로 5만 원을 줬더니 눈물을 뚝 그치고 안방으로 쏙 들어갔다. "휴, 5만 원으로 해결되어 다행이다." 생각했지만 앞으로는 어쩌지… 걱정에 잠못 이루는 날이었다.

가장 힘든 것은 가족들이 모리를 미워하는 마음이 느껴진다는 것이었다. 누구보다 소중한 내 아들 모리. 그런 모리를 가족들은 받아들이지 않았다. 가족들은 항상 내 편이라고 생각했는데 모리와 산책하면서 느꼈던 시선을 또 마주하게 되었다.

"연희야. 모리를 안락사하면 안 되겠니?"

"이 정도면 충분히 했다, 너는 최선을 다했으니 그만 놓아 줘."

그럴 수 없다고 말했다. 부모님도 모리도 서로를 가족으로 받아들이는 게 힘들어 보였다. 모리에게 이 세상은 두려운 것들로 가득 차 있었다. 나도 어느 사이 매일 아프고 무서워하는 모리를 보는 것이 힘에 부쳤다. 부모님 말처럼 모리를 보내 줘야 하는 걸까?

*

딸, 미안하지만 집에서 나가 줘

부모님이 내게 모리를 데리고 집을 나가 달라고 했다. 부모님 집이 이사 예정이어서 그럴 수도 있지만 사실은 모리를 감당할 수 없으니 정중히 내쫓은 것이다. 집에서 쫓겨난다는 충격이 엄청났다. 다른 곳도 아니고 부모님 집에서 쫓겨나다니! 슬프고 억울한 감정들이 뒤섞여 눈물이 되어 흘렀다.

순간 모리는 오롯이 내가 책임져야 하는 개가 되었다. 집을 구하지 못하면 모리랑 길에서 신문지나 깔고 살아야지, 시골에 가서 초가집에서 살아야지, 그런 생각으로 어떻게든 버텼다. 그런데 집에서 나가 달라니. 나도 누군가를 원망했던 적이 있고, 마음 속으로 누군가를 나쁜 사람으로 몰아가며 분풀이를 한 적도 있지만 다른 사람도 아니고 나를 세상에서 가장 사랑하는 엄마가 나를 내쫓다니….

정말 충격이었다. 참기 힘든 고통이었다.

엄마는 나를 혼낸 적도 거의 없고, 둘 사이에 갈등도 없었다. 사춘기 때 한번쯤은 엄마와 싸우던데 우리는 그런 적도 없었다. 다시 태어나도 엄마 딸로 태어날 거라고 늘 말했었는데…. 우리는 항상 가깝고 서로를 아끼고 사랑하는 사이였다. 그런데 그 순간 싸늘한 표정을 한 엄마가 너무나 낯설었다. 처음 보는 얼굴이었다. 정말 많이 울었다. 아빠도 오열했고 엄마도 울었다. 셋이서 부둥켜안고 엉엉 울었다. 나는 "어쩔 수 없지. 진주 자취방으로 돌아갈게."라고 말했다. 참 아픈 말이었다. 마음에서 아픈 말은 입 밖으로 나올 때도 아프다. 부모님께 일주일만 시간을 달라고 했다. 나는 잘할 수 있을까?

3장

여우를 기다리는 어린 왕자처럼
아픈 개들을 대해 주었으면

*

다시 공격성 치료를 시작하다

모리가 가족도 공격하는 위험한 상황이었다. 이대로는 안 되겠다는 생각이 들었고, 고민 끝에 김선아 수의사님께 다시 도움을 청했다. 그동안 있었던 일들과 선생님의 질문에 대답하다 보니 몇 시간이 훌쩍 지나 있었다.

선생님은 내가 아무리 노력해도 모리는 순둥순둥한 리트리버처럼 될 수 없다는 것을 솔직하게 말씀해 주셨다. 현실적인 목표를 모리가 사람을 물지 않고 덜 공포스럽게 사는 것. 그리고 가족이 스트레스를 받지 않으며 사는 것으로 정하고 치료해 보자고 하셨다. 그리고 왜 부모님이 원하는 대로 모리를 안락사하거나 다른 집에 보낼 수 없는지에 대해서도 잘 설명해 주셨다. 큰 힘이 되었다. 몇 시간 동안의 상담이 끝나고 나는 선생님이 알려준 대로 부모님을 설득했다.

"엄마 아빠, 모리를 안락사하라고 한 건 내가 모리 때문에 너무 고생하고 있으니까 마음이 아파서 그런 거지? 모리가 없으면 내가 더 행복할 거라고, 나 잘되라고 한 말인 거지?"

"그런데 나는 평생 수의사를 할 거고 모리 같은 환자를 계속 봐야 하는데 모리를 포기하면 평생 죄책감을 느끼고 상처받으면서 일하게 될 것 같아."

"물론 모리를 키우는 게 가끔은 감당하기 힘들 정도로 많이 힘들지만 그만큼 많이 배우고 있어. 모리가 있으니까 더 많이 공부하게 되고, 다른 사람들 도움을 받으며 모리를 돌보니까 인맥이랑 경험도 생기고 있어."

"모리가 엄마를 문 건 내가 여쭤 보니깐 그건 모리가 엄마를 무시하거나 모리가 나빠서 그런 게 아니래. 모리가 무서워서 그런 거래. 모리가 그냥 너무 무섭고 정신병이 있어서 그런 거니까 엄마가 제발 한 번만 용서해 주면 안 될까? 일부러 그런 게 아니라 정신이 아파서 그런 거래."

"모리가 사람을 다치게 하려고 했으면 크게 물었어야 하는데 지금까지 구멍이 뚫리거나 피가 날 정도로 문 적은 한 번도 없었으니까, 무는 조절은 잘하는 편이래. 약 먹이면서 내가 더 노력하면 좋아질 수도 있으니까 한 달만 더 엄마 아빠 집에서 살면 안 돼?"

오랜 설득 끝에 결국 모리와 나는 부모님 집에서 한 달 동안 더 살 수 있게 되었다.

"네가 그렇게까지 말하는데 엄마 아빠가 어떻게 딸을 내쫓겠니… 자식 이기는 부모 없다고 하잖아."

"그런데 김선아 수의사님은 어떻게 엄마 아빠 속마음을 이렇게 정확하게 아셨을까? 참 신기하네. 독심술 같은 걸 쓰시는 게 아닐까?"

마지막 대화를 끝으로 가족의 갈등도 어느 정도 무마되었다. 우리 가족은 전문가의 도움을 받아 위기를 넘겼지만 다른 집에서는 다들 어떻게 해결하고 있을까? 소중한 반려동물과 함께하고 싶은데 반려동물과 나 사이를 가로막는 장애물이 너무 많을 때가 있다. 그럴 때마다 장애물을 넘을 수 있는 방법을 제시하는 수의사가 되고 싶다.

*

모리와 나의 경력 중에서 무엇을 택할까?

김선아 수의사님과 상담 후 공격성을 보이는 모리를 돌보고 가족을 보호하려면 내가 모리와 함께 방에 있어야 한다는 결론이 나왔다. 그러려면 실습을 포기해야만 한다. 더 배우고 싶어서 부모님 집으로 올라왔는데 나는 이번 방학에도 모리 돌보기 외에는 아무것도

할 수 없게 되었다. 안전
문을 닫은 채 작은 내 방
에 앉아 모리를 쓰다듬다
가 문득 나는 앞으로 어
떻게 살아야 할지 고민에
빠졌다. 나는 모리를 사
랑하는데, 모리 때문에
아무것도 할 수가 없다.

모리와 함께하면서 나
는 학교 옆 자취방 주변
을 벗어나지 못했다. 나
는 부모님과 경기도에 살

다가 아무 연고도 없는 지방의 수의대에 진학했다. 방학마다 친구
들은 집으로 돌아갔고 여행도 가고 실습도 하는 동안 나는 내내 자
취방에 있었다. 집에 너무 가고 싶었다. 가족과 친구가 너무 보고 싶
었다. 방학마다 친구들을 떠나보내고 기숙사에서 쓸쓸해하는 해리
포터가 된 기분이었다. 외로웠다.

많은 학생들이 방학 때 여기저기로 실습을 가고, 거기서 얻은 인
맥으로 대학원에 진학하거나 병원에 취업하기도 한다. 아무것도 안
하고 이렇게 방학을 보내도 되는 걸까? 나도 여행 가고 싶고, 친구

들과 밤새워 놀고 싶다. 나는 아직 젊은데… 싱글맘이라도 된 것처럼 아무것도 못 하고 있으니 답답하고 착잡했다.

'분리불안이 있는 개 때문에 직장을 그만둔 사람도 있대. 거기에 비하면 난 아무것도 아니야.'

'언제까지나 내가 하고 싶은 대로 하면서 살 수는 없어. 모리는 내가 데려온 개고, 내가 책임져야 해.'

아무리 스스로를 위로하고 다짐해도 방학에 학교를 떠나는 친구들이 부러웠고, 내가 남들보다 뒤처지고 있다는 생각이 들었다. 다른 사람들은 자동차를 타고 결승선을 향해 질주하는데 나는 27킬로그램의 개를 업고 걸어가는 기분이었다.

실습하기로 한 병원에도, 실습을 주선해 주신 선배에게도 죄송하다고 장문의 메시지를 보내고 나니 슬펐다. 많이 기대했는데, 얼마나 힘들게 얻은 실습 기회인데, 포기하고 싶지 않았지만 결국 또 이렇게 되었다. 모리는 너무나 소중한 존재이지만 모리를 위해 많은 것을 포기해야 했다.

모리와 나의 커리어, 둘 중 하나를 꼭 선택해야만 하는 걸까? 둘 중 하나는 꼭 포기해야 하는 걸까? 고민에 빠졌다.

나는 정신과 약을 먹는 수의대생

유년 시절의 나는 불안감이 굉장히 많은 아이였다. 나의 첫 기억은 5살 때다. 손톱을 물어뜯는다고 유치원 선생님에게 혼났던 것 같다. 말인즉슨 나는 5살부터 불안했다는 거겠지. 숙제를 안 하거나 지각을 하면 세상이 무너질 것처럼 두려웠고, 하나님이 나쁜 행동을 하는 나를 보실까 불안에 시달렸다. 이불 속에 누워서 이유 없는 두려움으로 몸이 얼어붙어 밖으로 나갈 수 없었던 기억이 있다. 나이가 들면서 그런 날카로운 감정은 줄었지만 우울과 무기력이 찾아왔다. 나는 왜 남들처럼 무덤덤할 수 없는지, 난 왜 이렇게 예민한지 고민해도 답은 나오지 않았고, 나는 나를 탓하며 그 시간들을 견뎠다. 그리고 모리의 정신과 약물 복용을 고민하다가 결국 나도 정신과를 찾았다.

정신과에 다니면서 한 번도 느껴본 적이 없는 감정들을 알게 되었다. 그전의 삶이 언제 부서질지 모르는 얼음판 위였다면, 드디어 땅으로 이사를 한 것만 같은 기분. 이제야 남들이 누리는 평범한 행복을 누리는 것 같다. 내가 상상하던 보통의 대학생의 삶이 딱 이런 거였다. 내가 이겨낼 수 있는 일들만 찾아오는 하루. 삶을 너무 절망스럽게도 그렇다고 너무 무료하지도 않게 만들어 주는 적당한 정도의 고난들, 고통스럽지 않더라도 삶은 살아지는 거였다. 아, 다들 이렇게 살았었구나.

이런 변화를 느끼고 나니 말 못하고 불안을 느끼는 동물들이 얼마나 힘들까라는 생각이 들었다. 나도 겪어 봤기 때문에, 이런 감정들이 얼마나 힘든 것인지 알고 있다. 그래서 사람들도, 동물들도 그런 기분을 덜 느끼도록 도와주고 싶다. 김선아 수의사님과 상담하면서 모리도 정신과 약을 먹기 시작했다. 약 복용 후 모리는 좀 더 안정되고 편안해 보였다.

보통 그렇듯이 나도 정신과 약에 대한 편견과 불신이 있었지만 스스로의 의지로 극복하기 힘든 문제는 의학적인 도움을 받아야 한다는 생각이 확고해졌다. 우울증 약을 복용하고, 늘 피가 나도록 손톱을 물어뜯던 내가 생애 처음으로 손톱을 길렀다. 손톱으로 키보드를 치는 기분이 참 낯설다. 내가 우울증 약을 먹는 것을 밝히는 건 고민되지만 누군가에게는 힘이 될 수도 있을 것이다. 이 땅의 모든 동물과 사람이 마음의 평화를 찾기를!

*

집에 평화가 찾아오다

김선아 선생님이 알려주신 방법대로 모리의 공격성을 치료하기 위해 원래 먹이던 약의 용량을 늘렸다. 그리고 모리를 놀라게 하거나 무섭게 하지 않기로 했다. 안전을 위해서 모리는 가능한 한 내 방에만 있게 되었다. 문 앞에는 항상 클래식 음악을 틀어 밖의 소리가 덜 들리도록 했다. 모리가 좁은 방에서 지내는 게 정말 미안하게 느껴졌으나 김선아 선생님은 개들은 아주 유연한 동물이며 좁은 공간에서도 잘 살고, 모리는 오히려 안전한 공간에 있는 걸 더 좋아할 거라고 하셔서 마음이 놓였다. 내 방문에 안전문을 설치해서 엄마랑 동생이 안심할 수 있도록 했다. 그리고 혹시라도 모리가 조용히 잘 있으면, 가족들이 지나갈 때마다 모리를 쳐다보지 말고, 간식을 하나씩 던져 주기로 했다.

위기의 상황에서 벗어날 수 있을까? 이제는 내가 어떻게 하느냐에 달려 있었다. 부모님이 기회를 준 만큼 모리가 공격적이지 않게 최선을 다해야 했다. 그렇게 몇 주가 흘렀다. 평화로운 날이었다. 이제 모리는 가족들과 지내는 것이 익숙해진 듯하다. 원래 아빠가 아침에 내 방 주변으로 오면 심하게 짖었는데 어느 날은 한 번만 짖고 말았다. 아직도 아침에 아빠를 마주치거나, 아빠가 방에 들어오면 짖긴 하지만 밖에서 들리는 소리에는 덜 민감하다. 전에는 작은 소리만 나도 짖거나, 자리에서 벌떡 일어나거나, 그쪽을 응시하곤 했는데 이제는 소리가 들려도 쳐다보지 않고 누워 있을 때도 많다.

이제 모리는 내가 잠시 방에 없어도 잘 기다린다. 전에는 잠시도

참지 못하고 낑낑거리거나 짖고 하울링을 했는데, 점점 보채지 않고 기다리는 시간이 늘어났다. 내가 방에 없으면 모리는 방에 얌전히 앉아서 엄마를 쳐다본다. 엄마가 항상 고구마 간식을 주니까 이제는 간식을 기다린다. 엄마는 마치 인간 고구마가 된 것 같다며 웃었다. 전에는 모리한테 간식을 주라고 하면 무서워서 절대 싫다며 인상을 찌푸리곤 했는데 요즘은 내가 너무 많이 준다고 말할 정도로 시도 때도 없이 준다. 얼마 전만 해도 모리를 정말 무서워했던 엄마인데 이제는 모리도 엄마도 서로가 익숙해진 것 같아 다행이다.

　나는 실습을 하지 못하게 되면서 온종일 아무것도 하지 않고 거의 24시간 동안 모리와 함께 지낸다. 약의 용량을 늘리고 나서 느낀 것은 모리는 정신없고 시끄러운 개가 아니라 차분한 개였다는 것이다. 내가 모리와 많은 시간을 보내지 못했기 때문에 모리가 이렇게 얌전한 개였는지 몰랐던 것이다. 학교 옆 자취방에서 살 때 모리는 항상 낑낑거렸다. 하루 종일 너무 많이 낑낑대서 약간 문제가 있나 싶었다. 그런데 약 때문인 건지, 나와 24시간을 보내게 되면서인지 모리는 이제 낑낑거리지 않는다. 낮잠도 많이 자고 편안해 보인다. 모리도 나도 점점 편안한 기분을 느낀다. 늘어지게 낮잠을 자는 모리를 보면 이런 게 행복한 개일까? 하는 생각이 든다. 아직 완벽하지는 않아도, 조금씩 나아지는 모리를 보며 희망을 느꼈다. 모리가 덜 무섭고, 덜 아프고, 덜 불안하길. 그리고 더 행복하고 더 건강하고, 우리 가족들과도 더 가까워지기를 바랐다.

*

아빠와 나의 육아 갈등

　산책하다가 아빠랑 갈등이 있었다. 아빠랑 같이 모리 산책을 하는 게 든든하기도 하고 감사해서 웬만하면 아빠가 하고 싶은 대로 다 맞춰 드렸다. 그런데 이번에는 나도 양보할 수 없었다. 몇 개월 동안 모리와 산책할 때마다 어느 정도의 교육을 한 결과 모리는 이제 사람이 바로 옆에서 지나가도 얌전히 잘 참는다. 대부분 사람이 지나가서 이에 대한 교육이 잘 되었기 때문이다.

　반면 개를 만날 기회가 별로 없어서 사람보다 개에 더 예민하게 반응한다. 그래서 나는 길에서 개를 보면 아주 먼 곳에서부터 간식을 주면서 익숙해지려고 한다. 그래서 산책하는 개를 만나면 모리가 짖을까 봐 긴장도 되지만 땡잡았다는 생각도 든다. 교육을 할 수 있으니까.

　오늘도 얌전한 개가 우리 옆을 지나치자 나는 정해진 방향이 아닌 얌전한 개가 가는 방향으로 틀었다. 그러나 아빠는 늘 가던 곳으로 가지 않고 개를 쫓아가는 게 불만인 듯했다. 내가 왜 개 주변에 있고 싶은지 설명을 했는데도 내 설득이 부족했는지 아빠는 이해를

못했다. 왜 훈련을 해야 하는지 잘 모르겠다, 모리는 다리도 아픈데 어떻게 쫓아가겠냐는 등등 불만을 토로했다.

억울했다. 그래서 나도 많이 공부했고 내가 배우고 지금까지 해 본 바로는 이 방법이 제일 좋다. 나를 왜 안 믿어 주냐며 언성을 높였다. 아빠 말도 맞지만 이건 양보할 수 없었다. 결국 어색하게 집에 와 버렸다. 곰곰이 생각해 보니 내 잘못도 컸다. 내가 더 설명하고 이해시켜야 했는데 답답하다 보니 짜증을 낸 것이다. 매일 같이 산책하러 다녀 준 아빠에게 정말 죄송했다. 죄송하다고 말하고 밸런타인데이라서 초콜릿을 드렸다. 아빠도 화가 풀렸는지 고맙다고 하며 나를 안아 줬다.

사람 아기도 교육 방법을 가지고 싸운다는데 개도 마찬가지인 것 같다. 아빠를 설득하는 것도 이렇게 힘든데 동물병원에서 만나는 생판 남인 보호자들을 설득하는 것은 더 힘들 것이다. 동물행동학을 한다는 것은 단순히 처방과 치료를 하는 것을 넘어서 사람과의 의사소통도 굉장히 중요하다는 것을 느꼈다. 남을 잘 설득할 수 있는 사람이 되고 싶다.

*

여우를 기다리는 어린 왕자처럼 아픈 개들을 대해 주었으면

이제 방학도 끝나가니 학교로 돌아갈 날이 머지않았다. 돌아가기 전 엄마가 모리 장난감을 준비해 주었다. 자투리 원단에 재봉틀로 테두리를 박아 솜과 삑삑이를 넣으니 엄마표 모리 장난감이 완성되었다. 엄마는 아주 능숙한 솜씨로 공장처럼 몇 개의 장난감을 찍어 냈다. 모리는 장난감이 하나하나 생길 때마다 정말 기뻐했다. 모리가 기뻐하니 엄마도 뿌듯해 보였다. 엄마는 모리가 삑삑 소리를 낼 때마다 흐뭇하다고 했다. 그런 엄마를 보고 있자니 고마운 마음이

넘쳤다.

　요즘 엄마는 모리를 귀여워한다. 소파 너머로 간식을 주면 모리는 이제 아무 경계 없이 잘 받아먹는다. 엄마가 간식을 한 개 던져주면 받아먹고 고개를 들지도 않는다. 엄마가 더 던져 줄 걸 알고 있으니까 간식이 바닥 어디에 떨어질지 보려고 고개를 처박고 있다. 그런 모리를 엄마는 참 예뻐한다.

　모리가 나를 찾거나 내가 없어서 울면 엄마는 엄청나게 불쌍해한다. 이제야 개를 좋아하던 우리 엄마 같다. 그동안 얼마나 무서웠을까? 무서움을 참고 딸이 데려온 개를 잘 돌봐 주셨다. 엄마에게 정말 감사하다. 처음에는 무서웠지만 이렇게 천천히 친해지다 보니 어느새 애틋한 분위기가 만들어졌다. 《어린 왕자》에서 읽은 구절이 머리에 남는다. 여우를 기다려 주는 어린 왕자처럼, 다른 사람들도 그렇게 아픈 개들을 대해 주었으면 좋겠다.

*

내가 더 강해져야지, 더 책임감 있는 보호자가 되어야지

산책하다가 동네 아저씨를 만났다. 내가 9살 때부터 24살이 될 때까지 같은 동에 살았던 오랜 이웃이다. "너희 아빠한테 들었는데 너 셰퍼드를 데려왔다며?" 아저씨도 셰퍼드를 많이 기르셨다. 새끼를 낳고 또 낳아 한 번에 20마리 정도까지 키워 보신 적도 있다고! 아저씨의 경험에 따르면 셰퍼드를 키우는 건 만만치 않은 일이다. 다 함께 같이 잘 놀다가도 갑자기 사람을 물어서 친구들이 놀러 왔다가 많이 물렸다고 했다. 처음으로 생성된 공감대에 신나게 대화 중이었는데 갑자기 아저씨께서 언제 학교로 돌아가냐고 물었다.

"셰퍼드를 키우는 건 정말 만만한 일이 아니야. 게다가 엄청 짖고 엄마도 물리셨다며? 네가 데려오기로 했으니 책임도 네가 져야지, 왜 부모님을 힘들게 하니. 앞으로 부모님 집에 개 데려오지 말고 자

취방에서 너희 둘이 잘 살아
봐."

이렇게 말씀하시고는 홀연
사라졌다.

당황해서 모리 목줄을 잡
고 그 자리에 멍하니 서 있었
다. 되게 섭섭하고 충격적인
데 반박할 수가 없어서 슬펐
다. 내가 개를 키우는 것이 우
리 부모님에게도 다른 주민들
에게도 민폐라는 생각이 드니
까 자꾸만 작아졌다. 그런데
슬픈 감정이 갑자기 억울함이
되었다. 부모님이 집에 와도 된다고 해서 온 건데 보태준 것도 없으
면서! 사람들은 왜 나랑 모리가 같이 사는 걸 다들 이렇게 나쁘게 보
는 걸까? 속상하고 슬픈 마음으로 모리를 데리고 집으로 돌아왔다.
그 와중에 배는 고파서, 한밤중에 부엌 의자에 앉아 팥빵을 우걱우
걱 먹으며 아까 겪었던 일을 떠올려 봤다. 배가 불러서일까? 서서히
이성이 돌아오기 시작했다. 곰곰이 생각해 보니 마음이 풀어지고 아
저씨의 말씀도 충분히 이해가 되었다. 개를 기르는 데는 분명히 책임

이 따르며, 다 같이 사는 공간에서 민폐를 안 끼치기 위해서는 내가 더 노력해야 한다. 지금 모리를 책임지고 있는 사람은 그 누구도 아닌 나다. 내가 더 노력하고 강해져서 더 책임감 있는 보호자가 되어야 한다.

*

아무 일도 일어나지 않아서 다행인 마지막 밤

부모님 집에서 모리와 함께 지내기로 약속한 시간이 다 되어 간다. 이제 내일이면 떠난다. 그동안 있었던 일들을 떠올리며 감상에 젖을 새도 없었다. 우당탕탕 짐을 정리하며 큰 소리가 나고, 사람들이 왔다 갔다 하자 모리가 불안해하기 시작했다. 모리를 달래느라 정신이 없는 사이 엄마는 척척 짐을 싸고, 아빠는 척척 짐을 차에 가져다 놓았다. 어느새 짐 정리가 끝나 버렸다. 거대한 모리 이동장까지 모두 차에 싣고 나니 몇 시간이 훌쩍 지났다.

'마지막까지 부모님한테 도움만 받고 가네.'

얼마 전까지 부모님께 내심 섭섭했던 내가 철없게 느껴졌다. 이제부터 다시 내가 모든 것을 알아서 해야 한다. 학교로 돌아가 스스로 돈을 벌어 밥을 먹고, 혼자서 한밤중에 모리를 산책시키고, 나 스스로도 모리도 책임져야 하는 순간이 다시 돌아왔다. 그런 생각들이 조금은 불안하고 무섭기도 했지만 나랑 모리는 늘 그렇듯 서로 의지하며 잘 헤쳐 나갈 것이다. 스스로를 다독이며 떠날 준비를 마치고 엄마, 아빠, 나, 동생, 모리까지 다섯이 나란히 거실에 앉아 TV를 봤다. 가족들과 함께 거실에 나와 있으면서도 모리는 짖지도, 물지도, 낑낑거리지도 않았다. 엄청난 발전이었다!

"모리야 잘 가. 그동안 정들었는데 막상 간다니깐 아쉽네."

"우리 딸도 고생 많았어."

"엄마 아빠, 그동안 너무 미안하고 너무 고마워."

TV 소리와 가족들의 말소리 빼고는 아무 일도 일어나지 않은, 아무 일도 일어나지 않아서 다행인 평온한 마지막 날 밤이었다.

*

모리가 무서울 정도로 소중하다

아침부터 눈이 펑펑 왔다. 우리 학교가 있는 지역은 겨울에도 따뜻한 곳이어서 거의 눈이 오지 않는다. 비처럼 조금 날린 적은 있어도 눈이 쌓인 적은 입학 이래로 한 번도 없었다.

"모리야! 너 드디어 눈을 볼 수 있겠네!"

사람이 없는 밤 시간을 하루 종일 기다리다가 모리랑 같이 튀어나갔다. 눈이 펑펑 오는 밤하늘, 흰 눈으로 가득 쌓인 풍경 속에서 모리는 펄쩍펄쩍 뛰며 신이 났다. 누군가 뭉쳐 놓은 눈덩이로 공놀이를 하고, 눈을 맛보고 냄새를 맡는 모리의 모습을 보니 아무 말을 하지 않아도 모리가 행복하다는 걸 알 수 있었다. 그래서 나도 참 행복했다. 뛰어노는 모리를 보며 생각했다. 누군가 가장 행복했던 순간이 언제냐고 묻는다면 나는 고민 없이 2019년 2월 17일, 모리랑 함께한 눈 오는 밤이라고 말하겠다고.

신나게 놀다가 눈에 찍힌 모리의 발자국을 살펴봤다. 앞 발자국 두 개, 뒤 발자국은 발을 질질 끄느라 인라인스케이트처럼 선 모양이다. 모리가 뒷발을 끄는 건 알았지만 막상 시각적으로 보니 또 마음이 아팠다. 모리가 조금만 오래 산책해도 뒷발이 까지고 피가 나는 게 이런 이유였구나. 그러면서도 꿋꿋하게 걸어 다니는 모리가 참 대견했다.

눈밭에는 발자국들이 많았다. 고양이 발자국, 새 발자국, 사람 발자국, 다른 개 발자국. 모리는 발자국이 많은 곳에 코를 박고 냄새를 맡았다. 산책할 때면 모리가 킁킁거리며 냄새 맡는 걸 보면서도 솔직히 모리가 무슨 냄새를 맡는지는 모른다. 비루한 인간의 후각으로 개를 이해하기란 불가능할지도 모른다. 그런데 눈에 찍힌 발자국을 보니까 알겠다. 아~ 저기 고양이들이 왔다 갔다 해서 냄새 맡는구나, 아~ 저기 개가 영역표시를 했구나. 재미있고 신기한 경험이었다. 냄새를 눈으로 보는 느낌, 잠시나마 모리랑 같은 감각

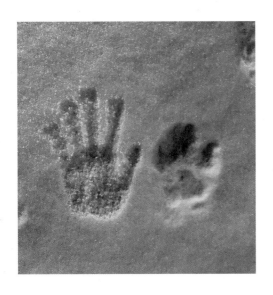

을 공유하는 기분이 참 좋았다.

아무도 밟지 않은 눈 위에 모리 발자국이랑 내 손자국을 같이 찍었다. 모리와 하는 약속이다. "모리야. 아프지 말고 오래오래 살자. 나랑 같이 또 눈 내리는 날 놀자. 모리야 사랑해." 소중한 모리, 시간이 지날수록 모리를 아끼고 사랑하는 마음이 커지고 또 커진다. 그런 마음들이 무섭게 느껴지기도 하는 요즘이다. 오늘 한 약속을 모리도 나도 꼭 지킬 수 있길, 마음속으로 빌어 본다.

*

사라져 버린 우리 동네 길멍이 4형제

나는 배산임밭(산을 등지고 밭을 바라보는)의 자취방에서 산다. 그래서인지 밤에는 집 앞에서 반딧불이를 볼 수 있고, 벤치에서는 뱀을, 풀숲에서는 도마뱀을, 가로등 불빛 아래에서는 장수풍뎅이를 볼 수 있는 곳. 오늘은 또 어떤 괴생명체가 나타날지 기대되는 시골

동네다. 오늘도 모리와 산책을 하는데 체중이 10킬로그램 정도 되어 보이는 작은 강아지 4마리가 산에서 달려 내려와서 나랑 모리를 에워싸고 매섭게 짖기 시작했다. 처음에는 당황스럽고 조금 무섭기도 해서 강아지들을 피해 다른 곳으로 갔다. 그랬더니 기세등등해져서는 나랑 모리를 쫓아온다. 습성상 등을 보이고 가면 따라올 것 같아서 강아지들 쪽으로 다가갔다. 그랬더니 강아지들이 겁을 먹고 뒷걸음질 치면서 저 멀리 도망가서는 또 짖었다. 혹시라도 가까이 갔다가 물리거나 모리가 병이라도 옮을까 걱정이 되기도 했다. 하지만 강아지들은 거리를 잘 유지했고 짖기만 하지 공격 의사는 없어 보였다. 처음에는 조금 당황했지만, 찬찬히 살펴보니 작고 어리고 귀여운 강아지들이었다.

그 후로 몇 번 그 강아지들을 목격했다. 낮에는 보이지 않고 사람이 없는 한밤중에만 나타났다. 우리 집 앞이 그 강아지들의 영역이라 모리가 침범한다고 생각한 건지, 모리를 보면 짖었지만, 사람을 보면 짖지 않고 도망갔다. 산책할 때 갖고 다니는 모리 간식을 줘도 절대 먹지 않았다. 사람을 몹시 경계하고, 목줄도 없고, 아무 데나 돌아다니다가 산으로 돌아가는 걸 보면 주인이 없는 것 같았다. 강아지들은 잊을 만하면 또 나타났다. 오랜만에 만나면 반갑기도 했다. 나는 어느 순간부터 그 애들을 길멍이 4형제라고 부르기 시작했다.

뭘 먹고 다니는지 걱정이 되어서 사료라도 챙겨줄까 했지만 고민

끝에 주지 않았다. 혹시라도 내가 주는 사료 때문에 우리 동네에 더 자주 머물러서 마을 사람과 강아지 모두 위험하게 하고 싶지 않았다. 이미 야생에 적응하여 사는 강아지들을 내게 의존하게 만들고 싶지도 않았다. 게다가 밥을 준다는 건 내게는 강아지들을 책임진다는 의미다. 잡아다가 중성화를 하지 않을 거면 밥을 주면 안 된다는 생각을 하고 있다. 4마리의 강아지들을 책임지기에는 내가 너무 능력이 없는 사람이다. 내가 밥을 줘도 안 먹었을 것 같기도 했다.

4월 말을 마지막으로 강아지들은 자취를 감추었고 나도 바쁜 나날을 보내며 길멍이 4형제를 잊어 버렸다. 그러다가 8월, 산책을 하다가 길멍이 4형제를 다시 만났다. 산책하다가 만난 강아지들은 엄청나게 자라 있었다. 여전히 나랑 모리를 에워싸고 엄청나게 짖어대는 건 똑같았지만 거의 모리만큼이나 커져 있었다. 몰라보게 달라진 모습에 처음에는 알아채지 못했지만 자세히 보니 내가 알던 그 강아지들이었다. 무섭다는 생각보다도 오랜만에 만나서 반갑다는 생각이 먼저 들었다. 어릴 때는 귀엽기만 했는데 이제는 중후한 멋이 나기도 했다. 반가움도 잠시 길멍이 4형제는 산속으로 쏜살같이 사라져 버렸다.

며칠 후 밤에 산책을 하러 나갔다가 길멍이 4형제를 또 만났다. 모리를 보고 엄청나게 짖기 시작하자 동네 사람들이 다 깼는지 아저씨 한 분이 잠옷 차림으로 나와서 "쉿쉿!" 강아지들을 쫓았다. 강아지들은 아저씨를 보자마자 꽁지 빠지게 도망갔다. 혹시라도 강아지들이 밉보일까 싶어 모리를 데리고 아저씨께 인사를 드렸다.

"주무시는데 시끄럽게 해서 너무 죄송해요. 저희 집 개를 보고 짖은 것 같아요."

다행히 화가 많이 나신 건 아닌 것 같았다.

"혹시 쟤들 주인은 없나요?"

"몰라, 가끔 동네에서 왔다 갔다 하는 건 봤지."

아저씨가 들어가자 길멍이 4형제는 다시 나타나 짖을 준비를 했다. 혹시라도 또 짖을까 봐 얼른 모리를 데리고 집으로 들어갔다.

며칠 후 모리와 함께 산책하다가 만난 길멍이 4형제 중 한 마리의 몸에 뭔가 빨간색 술 같은 게 달려 있었다. 가까이서 보니 마취총 바늘이었다. 아마도 누군가의 신고를 받고 관련 기관에서 잡으러 왔다가 실패한 것 같았다. 아는 분께 물어보니 마취총을 너무 멀리서 쏴서 약물이 안 들어가고 달려만 있는 것 같다고 했다. 움직일 때마다 대롱대롱 움직이는 바늘이 너무 아파 보였다.

'아이고 저걸 어째… 바늘을 매달고 다니다가 감염되면 큰일인데….'

경계가 너무 심해 뽑아 줄 수도 없고 안타까운 상황이었다. 저 애들은 잡히면 어디로 가는 걸까? 대형견이라 입양이 어렵고, 사람을 심하게 경계하니 입양을 가더라도 인간과 함께 살아가는 것이 쉽지 않을 것이다. 포획되어 간다면 안락사를 당할 확률이 굉장히 높다. 그렇다고 "착한 애들이니 그냥 동네에서 살게 해 주세요."라고 할 수도 없다. 주민들에게 위협이 될 수 있는 상황이기 때문이다. 특히 아이들에게는 위험한 상황일 수 있다. 개들이 놀이터에 자주 나타나기 때문에 더 심각해 보였다. 사람들의 시선도 곱지만은 않았다.

밤 산책을 하다가 길 한가운데서 길멍이 4형제를 만났다. 내가 개들에 둘러싸여 위협을 당하고 있다고 생각했는지 멀리서 외국인 커플이 오더니 개를 쫓아 주었다. 개들은 사람을 보자 또 산으로 도망을 갔다. 도망가는 개들을 보며 쉽게 발걸음이 떨어지지 않았다. 마음이 무거웠다. 사람들은 대부분 떠도는 큰 개를 싫어한다. 크고 위협적이고 질병을 옮기고 시끄러우니까 무서운 것도 당연하다. 아는 선배는 공중방역 수의사로 일하며 유기견 관련 업무를 하다가 들개에게 물려 세 번이나 수술을 받았다. 요즘 뉴스를 보면 안타까운 개 물림 사건 사고도 잦다. 위협적인 개로부터 자신을 보호하기 위해 경계하는 것도, 동네 사람들의 안전을 위협하는 들개를 처리해 달라고 신고하는 것도 주민 입장에서는 당연하다. 개들 입장에서는 억울하겠지만.

떠도는 큰 개들은 인간도 위협하지만 작은 동물들에게는 포식자로 작용한다. 실제로 들개가 고양이를 공격해 죽이는 경우도 있다. 소중하게 돌본 길고양이를 개가 죽인다면 얼마나 마음이 아플까. 아는 사람 중에서도 고양이를 사냥하는 것을 보고 떠도는 큰 개를 싫어하게 되었다고 말하는 사람들이 많았다. 이런 이유로 개에 대한 분노와 혐오를 느끼는 사람이 많은 것 같다. 실제로 성견이 된 길멍이 4형제가 우리 동네를 활보하고 다닌 이후로 밤에는 고양이를 보지 못했다. 고양이들이 어딘가 숨어 있는 것이기를, 해를 당하지 않았기를 바랐으나 길멍이 4형제가 남기고 간 배설물을 보니 흰색이었다. 뼈를 먹었을 때 나오는 색깔이다. 야생에서 개가 사냥을 하고 뼈를 먹는 건 자연스러운 일이겠지만 혹시라도 살아 있는 동물을 잡

아먹는 모습을 직접 보게 된다면 말리지 않고 넘어갈 수 있을까.

　그렇다고 인간의 잣대로 떠도는 큰 개를 나쁜 동물이라고 재단해
서는 안 된다. 고양이도 다른 동물을 사냥한다. 새를 기르는 친구
들이 많은데 '창문을 열어 두고 갔다가 혹시라도 고양이가 들어와
우리 앵무새를 잡아먹으면 어떡하지?'라는 고민을 했던 친구도 있
다. 친구는 새와 산책하러 나갈 때 고양이를 피하려고 새를 플라스
틱 이동장에 담아서 다녔다. 이처럼 고양이도 다른 동물에게는 위협

이 되며 야생 조류를 사냥한다는 것은 흔히 알려진 사실이다. 그러니 떠도는 큰 개들이 길고양이를 공격하는 것을 자연의 섭리라고 봐야 할지… 복잡하고 어려운 일이다. 개들은 개로 태어나 본능대로 행동할 뿐인데, 생활반경이 겹치다 보니 문제가 일어난다.

개가 개답게 살 수 있는 곳이 있다면 좋겠다. 마음속으로는 길멍이 4형제가 사람이 없는 곳으로 멀리멀리 도망가서 자기들끼리 행복하게 살면 좋겠다고 생각했다. 하지만 그게 가능한 곳이 있을까. 이 세상에 개들의 천국은 없는 걸까? 나 자신이 무력하게 느껴졌다. 몇 달 후 길멍이 4형제를 만났는데 두 마리는 보이지 않고 대장 블랙탄과 갈색 개 한 마리만 보인다. 나머지 두 마리는 어디로 갔을까? 남은 두 마리는 이제 나를 보고 짖지도 않고, 그냥 가 버린다. 원래는 모리를 계속 쫓아왔는데 이제는 모리가 그 애들을 쫓아가도 도망가 버린다. 사라진 두 마리의 개들은 어딘가에서 행복하게 살고 있을까.

그리고 얼마 지나지 않아 길멍이 4형제가 모두 사라졌다. 동네에서 대형견을 키우는 이웃을 만나 이야기해 보니 한 마리는 잡혀가고 나머지 개들은 뿔뿔이 흩어져 보이지 않는다고 했다. 실제로 개들이 고양이를 공격해서 먹는 것도 목격하셨다고 했다. 우리가 모두 행복할 수 있는 방법에 대해 모색하는 것이 앞으로 수의사가 될 나의 의무인 듯하다.

*

다른 생명의 죽음에 익숙해진다는 것

죽음을 가장 많이 다루는 직업은 뭘까? 누가 나에게 묻는다면 나는 수의사라고 대답할 것 같다. 의사는 인간 한 종만 보면 되지만, 수의사는 더 많은 종의 생명을 살려야 한다. 게다가 단순히 계산하면 반려동물의 삶이 인간의 삶보다 짧기 때문에 수의사는 더 많은 죽음에 마주친다. 최선을 다했는데도 불구하고 동물이 죽어 버리면 수의사는 힘들다. 반면 아팠던 반려동물이 떠났을 때 어떤 보호자들은 동물을 사랑하는 수의사라면 돈을 받지 말아야 하는 거 아니냐고 해서 또 심란하다. 이런 여러 가지 심리적 압박 때문에 수의사는 우울증에 취약하며 자살률도 높다. 수의사는 남들보다 다른 생명의 죽음과도, 자신의 죽음과도 가까운 사람들이다.

어렸을 때부터 나는 뭐든지 죽는 게 정말 싫었다. 정확히 말하면 다른 생명의 고통을 보는 것이 싫었다. 초등학생 때부터 달팽이나 개미 같은 작은 동물을 괴롭히는 친구들과 늘 싸웠다. 중학생이 되면서 채식주의자가 되었고, 나는 아직도 채식을 하고 있다. 더 많은 생명이 행복하기를 바라는 마음에 수의대에 진학했다. 실습 시간에 동물을 다루고 병원에서 일하면서 나는 많은 동물의 죽음을 목격했다. 처음에는 너무 충격이었지만 점점 의연해져서 동물이 죽어도 더는 눈물이 나지 않았다. 내가 점점 다른 생명의 죽음에 익숙해지고 있는 것 같아 무서웠다. 동물을 살리려고 수의대에 온 내가 동물의 죽음을 방관하고 있는 것 같아서 아이러니하게 느껴지던 때쯤 나는 개를 키우게 되었다.

왜 아플까, 그리고 왜 죽을까. 늘 드는 의문이다. 신이 있다면 우리는 왜 아파야 하는지 그리고 죽어야 하는지, 이런 고통을 감내하며 인생을 살아가야 하는지 알고 싶었다. 의문은 어렸을 때부터 시작되었다. 내가 5살 때 아빠가 암에 걸렸다. 왜 아빠에게 이런 일이 일어났을까? 고민해 봐도 도저히 알 수 없었다.

아픈 건 사람도 변하게 한다. 내 전 남자 친구는 허리디스크가 있었다. 디스크 통증이 심해져 점점 신경질적으로 변해 가는 남자 친구를 보면서 남자 친구에게도, 아픈 걸 이해할 수 없는 나에게도 화가 났다. 결국 그 남자 친구가 치료를 위해 멀리 떠나면서 우리는 헤어졌다. 아프다는 건 참 슬픈 일이다. 나는 그걸 잘 안다. 아프다는 것, 죽는다는 것은 그 자체만으로도 슬프지만, 그 아픔은 주변 사람에게도 전염된다.

우리는 왜 아프고 죽는가에 대한 의문에 대한 해답은 우연히 찾게 되었다. 수의대 본과 2학년 때 배운 수의바이러스학 책을 읽다가 찾았다. 바이러스가 생물인지 무생물인지 의견이 분분한 가운데 바이러스를 숙주로 삼아 병들게 하는 위성 바이러스인 '바이로파지'

가 발견되었다. 클레베리 박사는 "바이로파지의 발견은 바이러스를 좀 더 살아 있는 생물로 만들었다."고 말했다. 역설적으로 병든다는 것은 살아 있다는 증거인 것이다! 우리가 영원히 살고, 병들지도 않는다면 그것을 생명이라고 볼 수 있을까? 살아 있으면서 겪는 고통도 있지만, 인생은 그 고통을 감내할 가치가 있는 것 같다. 언젠가는 죽을 걸 알기 때문에 이 시간을 더 소중하게 여길 수 있다.

고흐가 말했다. 죽는다는 것은 별에 가는 것이라고. 병에 걸리는 것은 별로 가는 기차를 타는 것이고, 늙어 평화롭게 죽으면 별까지 걸어가는 것이나 다름없다고. 나는 나에게 주어진 삶을 행복하게 걸어가는 수의사가 되고 싶다. 그리고 그 과정에서 만난 동물 친구들을 별까지 안전하게 데려다주고 싶다. 별까지 가는 길이 너무 고되지 않게 손잡고 꽃향기도 맡고 따사로운 햇볕도 쬐며 그렇게 함께 걷고 싶다. 별에 도착하면, 그동안 고마웠다고, 수고했다고 마지막을 함께 웃으며 보내줄 수 있으면 좋겠다.

*

죄송하지만 이런 개는 현실에 없습니다

어렸을 때부터 나는 항상 부모님께 개를 사 달라고 졸랐다. 하지만 성인이 되어 독립하게 된 지금까지도 집에서 개를 기른 적은 한 번도 없었다. 부모님이 개를 싫어하셔서는 아니다. 엄마는 엄청난 동물 애호가다. 동물 관련 프로그램을 보는 걸 좋아하고 밖에서 개를 만나면 기뻐한다. 삶의 낙이 개인 것 같다. 그렇게 개를 좋아하는 엄마지만 개를 기르는 것을 허락해 주지 않았다. 개를 잘 기를 자신이 없다는 이유에서였다. 어렸을 때는 떼도 써 봤지만 점점 엄마가 왜 그런 선택을 했는지 이해하고 고집을 부리지 않았다. 자식들이 모두 대학을 졸업하고 직장을 얻으면 엄마도 은퇴하고 여유로워졌을 때 그때는 꼭 개를 키우고 싶다고 했다. 엄마는 요즘도 시간이 날 때는 귀여운 개 영상을 보며 행복해한다.

바야흐로 귀여운 동물 영상이 넘치는 세상이다. 나도 쉬는 시간마다 동물 영상을 본다. 화면 속 동물들을 볼 때면 너무 귀엽고 행복해진다. 삶의 활력이 되는 것 같기도 하다. 엄마는 한때 리트리버에 푹 빠졌었다. 인터넷에는 똑똑하고 착하고 얌전한 리트리버 품종의 스타견들이 많다. 엄마는 "언젠가 꼭 리트리버를 키우고 말겠어." 했고 나는 "엄마 리트리버 산책 시킬 수 있어?" 하고 트집을 잡곤 했다. 그러던 엄마가 모리를 만났다. 모리를 엄청나게 사랑해 줄 거라고 생각했던 엄마가 모리를 무서워하고 힘들어했다. 개를 엄청나게 좋아하는 사람이라서 모리도 당연히 좋아해 줄 거라 생각했는데 오히려 털 날리는 게 싫다고 동물 키우기를 늘 반대했던 아빠가 모리랑 더 잘 지냈다.

요즘 '랜선 집사'를 자처하는 사람들이 많다. 동물을 키우지 않으니까 온라인에서라도 동물 영상을 보며 집사를 하겠다는 것이다. 온라인 영상을 보면 사람들은 나만 빼고 다 귀여운 동물을 기른다. 그리고 동물들은 귀여운 짓만 골라서 한다. 그런데 사실 그렇게 귀엽기만 한 동물은 세상에 없다. 나 같은 경우도 SNS에 모리 사진을 올릴 때에는 좋은 것만 뽑아서 올린다. 모리가 말썽 피우는 사진은 올리기 민망해서 빼놓고 올리게 된다. 내가 입양할 동물이 온라인 영상에서 만난 아이와 성격이 같다고 장담하기 어렵다. 랜덤 뽑기처럼 말이다. 모리처럼 육체적, 정신적으로 문제가 있거나 조금 더 난이도 높은 동물이 내게 올지도 모른다. 누군가의 "리얼 후기"도 리얼하지 않을 확률이 크다는 것이다.

동물을 의인화해서 다루는 영상도 큰 문제다. 마치 사람처럼 감정을 느끼는 동물들을 보며 우리는 울고 웃는다. 그런데 개는 죄책감, 자랑스러움, 부끄러움의 감정을 느끼지 못한다. 처음 이 내용을 배웠을 때 '엥, 내가 방송에서 보던 내용이랑은 완전 다르잖아!' 하고 혼란스러웠다. 다른 사람들도 나와 같은 마음이지 않을까? 우리는 비판적인 사고를 가지고 그 뒷면에 감춰진 동물 본능에 따른 행동을 알아야 한다. 모든 사람이 무분별하게 온라인 콘텐츠를 수용하진 않겠지만 분명히 착각을 일으킬 수 있고, 동물을 그 자체로 이해할 수 없게 만든다. 다양한 매체에서 동물은 단지 귀엽고 착하다고 말하고, 나도 그걸 믿었다. 그래서 동물원 동물들은 모두 착하고 순할 거라고 생각했던 적이 있다. 하지만 동물은 동물이다. 동물이 인간과 친밀한 관계를 유지하며 살고 있다고 해서 완전히 인간처럼 사고하는 것은 아니다. 아무리 똑똑해 보여도 동물은 동물이기 때문에 사람과 다르다. 동물이 어떤 이유로 어떠한 행동을 하고 있는지 제대로 고민해야 한다.

온라인에 보면 반려동물 입양을 반대하시던 부모님이 막상 데려오고 나니 귀여워서 어쩔 줄 모르고 자식보다 더 애지중지하며 키우고 있다는 글이 돌아다닌다. 나는 솔직히 말해서 우리 부모님도 그럴 줄 알았다. 그런데 아니었다. 동물을 누군가와 "같이" 키운다는 건 매우 많은 분란을 만든다. 개를 키우는 건 정말로 많은 노력이 필요한 일인데 개를 위해 나의 삶을 얼마만큼 포기할 수 있는지에 대한 합의가 필요하다. 개를 위해 직업도 포기하는 사람이 있는가 하면, 잠시 집에서 누워 있는 시간도 포기하지 못해서 개 산책을 안 시키는 사람도 있다. 이 두 사람에게 개에 대한 양육 의무가 동일하게 주어진다면 당연히 분쟁이 발생할 것이다. 룸메이트와 함께 키우는 것도 그렇고, 커플끼리 함께 키우는 것도 말리고 싶다. 서로에 대한 엄청난 신뢰가 있을 때, 지금 동물을 같이 키우는 사람과도 평생 함께할 자신이 있을 때만 가능하다.

모리와 산책하다 보면 모리가 장애가 있다 보니 "좋은 일 하시네요." "개가 주인 잘 만났다."
"학생 천국 갈 거야." 등 칭
찬하는 분들이 많다. 그렇지
만 나보다 모리가 충분히 칭
찬을 받아야 한다. 병원에
가서 바늘로 마구 찌르고,
아프게 하고, 이상한 훈련을
시키고, 깨끗하게 해 주겠다
고 물에 빠트리고 이상한 냄
새가 나는 거로 문지르고,
귀랑 이빨을 계속 쑤시고,

내가 싸고 싶은 데서 똥오줌 싸고 싶은데 그러면 혼난다. 내가 개
라면 나는 그냥 싸고 싶은 데 쌀 것 같다. 모리는 이런 걸 참고 나랑
살아 준다. 나는 모리를 사랑하기 때문에 모리가 하는 행동들을 이
해할 수 있다. 나는 물건을 별로 소중하게 여기지 않는 성격이라 모
리가 물건을 물어뜯어도 솔직히 별로 화가 나지 않는다. 하지만 모
든 사람이 나처럼 화가 안 날 것이라고는 장담 못 한다.

리트리버를 그렇게 키우고 싶어 하던 우리 엄마는 모리와 2개월
정도 같이 살고 난 뒤에 마음이 변했다. 큰 개는 키우기 싫다고 했
다. 막상 키워 보니 너무 힘들다는 거다. 만약에 키우게 된다면 강아

지 때부터 데려와 키우고 싶단다.

'내가 이렇게 힘들게 키우고 있으니 여러분도 조심하세요.'라고 마치 '천하제일 불행 대회'에 출전한 것처럼 많은 이야기를 쏟아내는 것은 내가 대단한 사람인 양 말하고 싶어서가 아니다. 내가 동물을 키우기 전에 이런 글을 읽었다면 좋았을 것 같아서다. 새로운 가족을 데려오기 전에 심사숙고하는 건 아무리 강조해도 지나침이 없는 것 같다.

*

모리, 중요 부위 수술하다

모리와 산책할 때 "다리가 왜 하나 없어요?" 다음으로 많이 듣는 말은 "수컷인가 봐요." 혹은 "중성화를 아직 안 하셨나 봐요." 등이다. 이런 말을 듣는 이유를 나는 잘 안다. 모리의 수컷 생식기가 엄청나게 튀어나와 있기 때문이다. SNS에 사진을 올릴 때도 이 부분이 돋보이나 보다. 모리 사진을 올리고 나서 "모리 프라이버시도 지켜줘야 하는 것 아니에요?"라는 댓글이 달린다. 처음에는 왜 이런 댓글이 달리는지 의아했는데 곰곰이 생각해 보니 내가 모리 생식기에 모자이크를 안 하고 사진을 올렸던 것이다. 보는 사람들 입장에서는 민망했을 것이다.

모리는 나와 처음 만났을 때부터 이런 상태였기 때문에 내가 이상한 점을 느끼지 못했던 모양이다. 아빠도 모리를 산책시킬 때 그게 제일 민망했나 보다. 모리가 산책하다가 힘들어서 드러누울 때면 아빠는 도드라지는 모리의 중요 부위를 장갑으로 덮었다. 중요 부위를 가리고 산책하는 개를 사람들은 신기하게 쳐다보았다.

사실 모리의 이런 상태는 단순히 미관상 보기 좋지 않아서뿐만 아니라 위생적으로도 좋지 않은 게 더 큰 문제다. 산책하다가도 생식기에 흙과 오물이 묻고, 집에서도 먼지와 개털이 붙는다.

집 안 온도가 너무 건조하면 생식기가 건조해져서 말라붙는다. 생식기 표면이 갈라지면서 피가 난 적도 있었다. 그런 모리를 볼 때면 나도 마음이 참 괴롭다. 이런 얘기를 지인들에게 하면 특히 남자 지인들이 자기 일처럼 나서서 대신 아파해 준다. 뭔가 치료가 필요하겠다는 생각이 들었다. 모리가 아기였을 때 생식기를 집어넣는 수술을 했었는데 방광결석 수술을 하고 나서 다시 튀어나왔다.

전신마취를 하는 대수술을 하기가 무서워서 선뜻 수술하겠다는 결심을 하지 못하고 있었는데, 모리가 더 건강하고 덜 불편하면 좋겠다는 마음이 점점 커져서 결국 수술을 결정했다. 그동안 모리가 많은 수술을 받아왔지만 이렇게 걱정된 적은 없었다. 큰 수술도 아닌데…. 모리가 큰 수술을 받았던 때는 모리를 입양하기 전에 한 번 그리고 데려온 지 3일 정도밖에 안 되었을 때 또 한 번. 그때는 지금처럼 걱정하지 않았던 걸 보니 모리에 대한 애정이 지금보다 많이 부족했던 듯하다. 모리와 오랫동안 함께하면서 점점 더 사랑하게 된 것 같다.

모리는 음경 꺼풀 앞쪽에서 배 벽 피부를 초승달 모양으로 절개하는 음경꺼풀연장술을 했다. 의료진들에게 허락을 받은 뒤 수술복을 입고 수술실에 들어가 방해가 되지 않게 멀리서 지켜보았다. 모르는 개의 수술 과정에 참여하는 것과 내 개의 수술 과정을 보는 건 달랐다. 걱정이 한 보따리였다.

그런데 음경꺼풀연장술을 하는 도중 음경이 제대로 들어가지 않았다. 이 방법으로는 부족하다고 판단되어서 음경고정술도 실시했다. 하지만 모리의 배 쪽 피부가 너무 부족해서 완전히 덮기는 어렵다는 결론이 나왔다. 완벽하지 않아도 생식기가 조금 들어간 것에 만족하기로 하고 수술을 마쳤다. 다행히 모리는 잘 깨어났다.

그런데 수술을 한 지 하루가 지나도 모리가 소변을 보지 않았다. 모리 생식기 부분 피부가 부어오르기 시작했다. 너무 불안해졌다. 다시 병원에 데리고 갔다. 감염이 의심된다고 해서 다시 마취해서 수술 부위를 열었다. 수의사 선생님의 소견으로는 봉합실이 자극된 것 같다고 했다. 다시 수술을 한 뒤 하루 입원하기로 했다. 모리를 두고 가기가 불안해서 나도 모리랑 병원에서 밤을 지내기로 했다. 요도가 막힐 가능성이 있다고 해서 요도 카테터를 하고 수액을 맞앉다. 다행히 부기는 가라앉았고 소변도 잘 나왔다.

　모리는 유난히 감염이 잘 된다. 어렸을 때 센 항생제를 너무 많이 자주 맞아서일지도 모른다. 누워 있는 모리를 보니 괜히 내가 욕심을 내서 모리를 아프게 했나 싶어 눈물이 났다. 나는 최악의 상황을 상상하는 걸 잘한다. 수술하고 모리가 소변을 보지 못하자 혹시라도 모리가 평생 소변을 보지 못하면 어쩌지 하는 불안감에 식은땀이 흘렀다. 그럴 일은 없는데 모리가 아프니까 당황해서 부정적인 생각만 하고 있었다. 크게 아프지도 않았는데 괜히 예민한 부위를 건드려 더 아플까 봐 두려웠다.

　내가 눈물을 흘리는 와중에 모리는 속도 모르고 뛰어다녀서 오줌 줄이 연결되어 있는 수액 팩이 빠지려고 했다. 너무 난리를 쳐서 수액 줄도 빠질 것 같았다. 제발 가만히 있으라고 계속 부탁하는데도 모리가 자꾸 뛰어다녀서 미치는 줄 알았다. 며칠 동안 산책을 못해서 그런 것 같았다. 엉엉 울던 것도 잠시, 모리가 너무 난리를 치니까 모리 머리를 한 대 쥐어박고 싶었다. 모리랑 아옹다옹하다가 잠시 눈을 좀 붙이려고 하면 또 모리가 온몸을 흔들어 재껴서 수액 줄이랑 소변줄이 빠지려고 했다. 힘들고 마음이 아프고 여러 가지 생각이 들어 많이 운 밤이었다. 결국 한숨도 자지 못하고 밤을 꼴딱 새운 채로 다음 날 수업을 받으러 가기도 했다.

　다행히 모리는 건강하게 퇴원했다. 거대한 파란색 쿠션 넥칼라를

한 모리가 바보 같아서 많이 웃었다. 이렇게 걱정을 시키더라도 모리
는 항상 나를 웃게 한다. 생식기 부위를 더 자주 씻겨 주고, 목욕도
자주 하고, 젤로 보습도 하고, 온도·습도도 잘 관리하면서 더 청결하
게 관리하고 있다. 다행히 요즘은 생식기가 아플 만한 일은 생기지 않
는다. 모리야, 고생하지 말고 생긴 대로 살자. 내가 더 노력할게.

나는 이제 모리의 법적 보호자다

모리를 데려가기로 했던 입양처가 사라진 후 모리는 비공식적으로 내 개가 되었다. 건강검진 겸 모리를 병원에 데리고 갔다가 수의사 선생님에게 동물등록을 해야겠다고 말했다. 건강검진과 예방접종을 마치고 내장형 동물등록을 했다. 큰 바늘 안에 들어 있는 칩을 피하에 주사하는 방식인데 크게 아프지 않고 간단해 보였다. 몇 주 후 집으로 편지가 날아왔다. 농림식품부에서 온 것으로 모리의 동물등록이 완료되었다는 우편이었다. 이제 나는 법적으로 모리의 주인이다. 모리를 데려온 지 벌써 2년이 다 되어 가는데 더 일찍 하지 못한 것이 미안했다. 그전에는 모리가 잠시 나를 거쳐갈 거라고만 생각했다. 이렇게 된 것도 인연이니까 마지막까지 꼭 함께해야겠다고 생각했다.

생후 3개월 이상인 개는 동물등록이 법적 의무사항이다. 그런데 외장형 등록은 목걸이를 잃어버리면 그만이다. 목걸이를 떼고 유기하면 아무도 모른다. 동물등록이 의무가 되었을 때 동물병원에서 일하고 있었는데 등록을 하러 오는 사람이 정말 많았다. 당시는 개만 의무였고, 점차 고양이 등 다른 동물로 확산되고 있다. 유기견 발생을 줄이려면 실효성 있는 정책을 통한 정부의 노력도 필요하고,

평생 지켜주겠다는 책임감 있는 태도로 반려동물을 데려오는 개인의 노력도 필요하다.

우리 동네에는 길멍이 4형제뿐만 아니라 다리를 절룩이는 개가 있다. 모리처럼 한 다리를 못 쓴다. 한쪽 다리에서는 발이 덜렁덜렁 흔들린다. 그대로 다리가 잘못 붙었는지 요즘은 다리가 휘어 있다. 가끔 간식을 줘도 먹지 않고 사람을 경계한다. 모리처럼 다리를 못 쓰는 개를 보니 마음이 더 쓰였다. 잡아다가 수술이라도 해 주고 싶은 마음이다. 나는 수많은 개 중 모리를 선택했지만 모리와 다를 바 없는 다른 많은 개들은 아직도 주인이 없다. 모두 입양하지 못해서 정말 미안하다. 우리나라의 유기견 발생은 사회적 문제다. 나는 유기동물을 보며 수의사가 되기로 결심했다. 유기동물 발생을 줄이기 위해서 노력하는 수의사가 되고 싶다.

*

다리 셋인 개와 산책하는 방법

모리랑 산책을 하는데 어제 너무 많이 걸었는지 오늘은 멀리 가지 못하고 짧게 하고 마쳤다. 모리는 산책을 멀리 갔다온 다음 날에는 산책을 쉬거나 짧게 다녀온다. 다리가 아파서 더 가지 못하는 듯하다. 관절 진통제를 먹은 날은 평소보다 좀 더 걸었다. 만약 먹지 않

모리를 많이 예뻐해서 고마운 수의대 동기 언니.

앉다면 어제의 산책 때문에 오늘은 아예 안 걷는다고 누워서 시위를 했을 것이다.

힘들어하며 걷지 않겠다고 할 때면 마음이 아프다. 하지만 모리는 운동이 꼭 필요하다. 관절 대신 근육이 무게를 지탱하고 있기 때문에 근육이 빠지면 안 된다. 그래서 적당히 운동을 해야 하는데 모

리는 가끔 새로운 길로 가거나 무서운 일이 생기면 움직이지를 못한다. 모리가 산책 중에 누워 버리면 난감하다. 27킬로그램이나 되는 모리를 집까지 업고 가는 것은 사실상 불가능하다. 모리를 싣고 다니려고 캠핑용 수레를 사용했지만 모리가 자꾸 뛰어내리고, 수레가 넘어지기도 했다. 수레의 무게만 10킬로그램이라서 무겁기도 한데다가 모리와 수레를 동시에 끌고 다니는 게 너무 힘들어서 점차 사용을 안 하게 되었다. 결국 수레는 폐차시켰다.

모리가 걷지 않으려 할 때는 여러 가지 방법으로 일으켜 세운다. 간식을 주면 다시 일어나서 걷기도 한다. 모리는 앉았다가 일어날 때 힘이 많이 든다. 그럴 때면 배를 잡고 뒷다리를 들어 올려준다. 간식으로 유혹할 때도 있고, 최후의 방법으로는 장난감을 흔들어서 유혹하기도 한다. 장난감이 없을 때면 길에 있는 나뭇가지나 돌을 장난감처럼 흔들면서 어떻게든 집으

로 간다. 모리를 들고 이동하다가 내려주면 이유는 모르겠으나 모리는 뛰어간다. 그렇게 어찌어찌해서 집에 도착하면 진이 빠져 버린다. 사실 모리가 걷지 않을 때 제일 좋은 방법은 몇 시간이고 앉아서 주구장창 기다리는 것이다.

모리가 얼마나 걸을 수 있는지 파악해서 집에 돌아올 수 있을 정도의 힘을 남겨두고 산책 거리를 계산해야 한다. 너무 빨리 돌아와

버리면 모리가 다시 나가자고 계속 칭얼대기 때문이다.

산책할 때마다 익숙해지는 연습을 한다. 싫은 자극에 익숙해지고, 싫은 자극을 좋은 자극으로 바꾸는 훈련이다. 산책 중 사람이나 개가 지나가면 간식을 주는 것도 하나의 훈련이다. 그러려면 모리가 사람이 오는 것을 눈치채기 전에 내가 먼저 알아차려야 하고, 늘 사방을 살피며 신경을 바짝 곤두세우고 있어야 한다.

모리가 몸짓으로 주는 신호를 잘 확인하는 것도 중요하다. 모리가 갑자기 고개를 들고, 귀를 앞쪽으로 돌리고, 소리가 나는 장소를 응시하면서, 몸 근육이 딱딱하게 굳으면 그때는 무조건 간식을 주며 시선을 돌린다. 스파이도 아니고 산책하면서 온 신경을 곤두세우다 보니 산책을 다녀오면 피곤하다. 모리는 산책도 다른 개들보다 더 어렵다. 그래도 몇 달간의 연습으로 모리는 이제 사람이 바로 옆에서 지나가도 짖지 않는다. 다행이다. 힘들어도 모리랑 함께 걷는 게 나는 참 좋다.

*

왕 크니까 왕 귀엽다

대형견 키우기가 힘들다고 하는데 함께 살아보니 느끼는 바가 많다. 모든 게 크다. 덩치도 똥도 크고, 사고치는 범위도 넓다. 일단 덩치가 크니까 집이 좁다. 그만큼 산책도 많이 필요하다. 집에 돌아온 나를 반긴다고 모리가 뛰어오다가 선풍기에 부딪혔는데 모리는 멀쩡하고 선풍기만 박살 났다. 매번 이런 식이다. 모리가 내 발을 밟으면 발에 멍이 든다. 처음에 입마개를 한 모리가 자꾸 나를 들이받아서 다리가 온통 멍투성이였다. 안아달라고 위에서 누르면 너무 무거워서 내장이 튀어나올 것 같다. 1층이라 망정이지 아파트에 살았다면 모리가 너무 쿵쿵 뛰어서 층간소음으로 민원이 들어왔을 것이다.

대형견을 기르려면 돈이 많이 필요하다. 많이 먹으니까 사료 값, 간식 값도 많이 들고, 아무래도 대형견용 용품이 더 비싸다. 똑같은 장난감을 사 줘도 금방 망가진다. 몸무게에 따라 병원비도 호텔비도 더 비싸다. 경제적인 뒷받침이 되어야 대형견을 기를 수 있다.

모리는 호시탐탐 내 물건을 노린다. 그래서 물어뜯을 만한 거의 모든 물건을 키가 안 닿는 곳에 올려두는데, 모리 키가 너무 크다. 모든 물건을 무조건 위로 또 위로 쌓는 습관을 들여야 한다. 한 번만 방심하면 그 물건은 없어진다고 생각해야 한다. 똥은 또 얼마나 큰지, 밥 먹을 때 응가를 하면, 솔직히 내 개지만 밥맛 떨어진다. 친구들을 불러 놓고 다 같이 밥을 먹고 있는데 모리가 똥을 싸는 바람에 친구가 헛구역질을 해서 정말 민망했다. 몇 번 당하고 나서는 화장실 문을 닫아놓고 밥을 먹는다. 산책하다가 길 한가운데에서 쉬를 하면 작은 연못이 생긴다. 술 취한 아저씨가 노상 방뇨를 한 것

과 비슷한 양이다. 물을 뿌리지만 역부족이다. 모리가 싼 오줌을 퍼 담아서 올 수도 없고 난감하고 미안하다.

면적이 넓으니 털도 몇 배 많이 날린다. 특히 셰퍼드는 털이 어마어 마하게 빠진다. 손으로 쓱 훑으면 하늘에서 털 폭죽이 터진다. 아무리 청소를 해도 말짱 도루묵이라서 청소할 의욕이 사라진다. 얼굴에 크림을 바르면 털이 달라붙고, 숨만 쉬어도 입에 자꾸 털이 들어간다. 밥도 털을 골라내며 먹어야 한다. 모리 털이 속옷을 뚫고 가시처럼 맨살을 찌르면 화가 치민다. 검정 옷을 입고 학교에 가면 친구들이 말을 건다. "너 옷에 털 붙은 거 혹시 알아?" 나도 안다. 다만 다 떼려면 너무 많은 노력이 필요하다. 그래서 털 떼는 법을 개발했다. 먼지 망을 넣고 세탁한 후 고무장갑으로 쓱쓱 떼면 꽤 훌륭하다. 하지만 한 번만 모리를 쓰다듬으면 다시 원상복구된다.

가장 큰 문제는 덩치가 크니까 벌레가 붙을 확률도 높다는 것이

다. 매달 꼬박꼬박 외부기생충 구충을 하는데도 가끔 진드기가 붙어온다. 모리는 매달 구충을 하고, 사람인 나는 안 한다. 그래서인지 진드기들이 나에게 달려온다. 침대에서 꼬물꼬물 기어오는 진드기를 보고 경악을 한 게 몇 번인지. 평소 절대 벌레를 죽이지 않는 나지만 라임병(진드기가 물어서 옮기는 감염병)에 걸리고 싶지는 않다. 진드기를 변기에 넣고 물을 내려 버렸다. 미안해 진드기야. 나도 살자.

종종 더러운 꼴도 봐야 한다. 똥을 싼 후 닦아 주지 않은 채로 모리가 이불에 앉으면 이불에 똥이 더덕더덕 묻는다거나 놀이터에 누군가 토한 토사물에 모리가 코를 박고 있다거나 모리가 자기 똥을 먹고 얼굴을 핥는다거나 하면 아찔하다. 목욕도 한 번 하면 말리기까지 두세 시간은 기본이다. 항문낭은 매번 짜주는데도 소형견과는 비교도 안 되게 많이 나온다. 더럽지만 사랑하니까 이해해야 한다.

이 모든 것 중에서 모리와 이동하는 게 제일 힘들다. 모리가 다리가 불편해서 그런 것도 있지만 다른 이유로도 이동이 힘들다. 가까운 거리는 수레에 태우고 갈 수 있지만, 병원에 갈 때는 택시를 타야 한다. 택시 기사님들께 전화로 개가 타도 되냐고 물었을 때 안 된다고 하는 경우가 정말 많다. 어쩔 수 없는 일이라고 생각한다. 충분히 이해할 수 있다. 내가 택시기사라도 태워 주고 싶지 않을 것 같다. 감사하게도 가끔 태워 주시는 분들이 있어서 정말 감사드린다. 그럴 때는 팁을 많이 드린다. 돈은 없지만 감사한 마음까지 아끼고 싶진 않다. 가끔 모리가 작아서 작은 가방에 넣어서 들고 다니면 좋겠다고 생각한다. 꿈같은 일이지만 말이다.

대형견에 대한 사람들의 인식이 좋지 않다. 정말 아무것도 안 했는데도 쉽게 미움을 산다. 그래도 살다 보면 미움받는 것도 익숙해진다. 사람들이 모리를 좋아하게 만들려면 내가 피나는 노력을 해야 한다고 생각한다.

소형견보다 손이 많이 가기 때문에 대형견이랑 사는 건 힘들지만

그래도 나는 대형견을 만나게 되어서 행복하다. 커다란 모리를 꼭 껴안아 줄 때, 모리와 등을 붙이고 잘 때, 모리의 호흡이 오르락내리락하는 걸 볼 때 정말 행복하다. 크니까 사람 같고, 친구 같다. 키우는 동물이 아니라 인생의 동반자처럼 느껴진다. 내가 울고 있으면 모리는 자기가 더 크게 울면서 내 얼굴을 후려친다. 너무 아파서 눈물이 찔끔 들어간다. 내가 울면 나를 따라서 소리소리 지르는 모리를 말리다 어느새 웃음이 난다. 모리만의 위로 방법인 것 같다.

왕 크니까 왕 귀엽다. 큰 만큼 더 많이 행복하다. 유기견 중 대형견은 입양이 잘 안 된다. 마음이 아프다. 대형견도 작은 개만큼 귀엽고 똑똑하고 실내에서도 잘 적응하며 살아간다. 조금 손이 많이 가기는 하지만 그만큼의 매력이 있다. 나는 대형견 모리를 만나 전에는 느낄 수 없었던 상상을 초월하는 기쁨을 많이 받았다. 힘들지만 그만큼의 가치가 분명히 있다고 말하고 싶다. 대형견에게도 사랑받을 기회가 더 많이 주어지면 좋겠다.

*

털과의 전쟁

개를 키우는 것은 감히 털과의 전쟁이라고 말할 수 있다. 특히 대형견일수록, 이중모일수록, 털이 많이 빠지는 견종일수록 그리고 나처럼 원룸에 살면 더 곤란해진다.

나는 나름의 대처 방법을 세웠다. 일단 하루에 한 번은 꼭 빗긴다. 집에서 빗으면 털 난리가 나기 때문에 밖에서 빗긴다. 그런데 아무데서나 털을 빗기면 안 된다. 집 주변 주민들에게 민폐를 끼칠 수 있기 때문이다. 그래서 나는 가까운 산에 가서 털을 빗긴다. 주민들께 피해를 줄 수 있으니 대형견은 공공장소에서 털을 빗기지 말자! 반드시 인적이 드문 곳에 가서 털을 빗기자. 사람이 없더라도 주변에서 혹시 고추 등 야채를 말리고 있는지도 꼼꼼하게 확인해야 한다. 빗긴 털은 최대한 모아서 집에 다시 가져온다. 미안하게도 미처 챙기지 못한 털은 새들이 둥지를 만들 때 쓸 것이다.

이불에 붙은 털은 고무장갑을 끼고 쓱쓱 문지르면 잘 떼어진다. 최대한 노력하지만 가끔 모리가 응가를 했는데 엉덩이를 닦아 주지 못하는 불상사가 생기면 이불에 응가가 묻는다. 더럽지만 어쩔 수 없다. 여러 가지 이유로 이불이 쉽게 더러워져서 이불을 굉장히 자주 빨아야 한다. 이불을 빨고 말릴 때 나는 집 앞 운동장에 가서 철봉에 널어놓고 막대기로 열심히 후려친다. 이불이 햇볕에 마르면서 소독 효과도 있고 털도 조금 떨어진다. 단 어린이들이 오면 바로 이불을 들고 비켜 줘야 한다. 여기는 어린이를 위한 공간이니까. 마찬가지로 바닥에 떨어진 털은 꼭 모아서 집에 가져온다.

옷에 붙은 털을 제거하는 것이 가장 곤란하다. 털뿐 아니라 산책

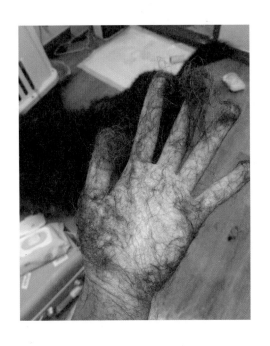

을 하다가 모리의 발도장이 찍힌다든가, 모리가 침을 흘린다든가, 옷에서 개 냄새가 난다든가 하는 여러 가지 이유로 옷을 자주 빨아야 한다. 다이소에서 파는 먼지제거기인 일명 돌돌이를 사용해도 끝이 없다. 종이가 아니고 끈적끈적한 고무가 붙어 있는 제품도 사용해 봤는데 한 번 사용한 다음에는 빨아야 해서 귀찮았다. 나는 다이소에서 파는 먼지 거름망을 한 번에 6개 정도 넣고 돌린다. 옷에서 떨어진 털을 잡아주는 데 가장 효과가 좋았다. 실리콘 빗자루도 좋았다. 문제는 실리콘이다 보니 모리가 너무 좋아한다. 두 번이나 새로 샀는데도 산산조각이 났다. 늘 호시탐탐 빗자루를 노리는 모리 때문에 결국 실리콘 빗자루는 더 쓰지 못했다.

바닥은 매일 청소를 하는데도 서부영화에서 풀 뭉치가 데굴데굴 굴러다니는 것처럼 털이 자기들끼리 뭉쳐 굴러다닌다. 털로 눈싸움을 할 수도 있을 것 같다. 이건 딱히 해답이 없다. 매일 청소기를 돌려야 한다. 바닥 한 번 돌리고, 이불 털고, 다시 청소기 돌리고, 또 돌리고 거의 온종일 돌린다고 봐야 한다. 그래도 털은 또 쌓인다.

나는 정말 게으른 사람이라서 청소가 내게는 너무나도 힘든 일이다. 그런데 청소를 안 하면 모리가 피부병이 걸린다. 나도 사회생활을 하는지라 체면이라는 것이 있다. 더러운 옷을 입고 냄새나는 채로 수업에 가면 민망하다. 그래서 어쩔 수 없이 청소를 한다. 청소를 해도 매일 제자리걸음이지만 나는 또 청소를 한다. 개와 같이 살기 위한 숙명이다.

4장

장애견이라 불편한 게 아니라
시선과 편견이 불편하다

*

모리는 내 선생님이다

개와 함께하며 달라진 점이 있다면 부지런해진 것이다. 게을러서 온갖 물건을 바닥에 다 던져놓던 내가, 기회만 되면 쓰레기를 주워 먹는 모리 때문에 청소를 자주 하게 되었다. 냄새가 배고 털도 많이 붙어서 빨래도 자주 하게 된다. 더 부지런한 사람이 되었다.

매일 모리와 산책하다 보니 억지로라도 밖에 나가서 운동하게 된다. 덜 우울하고, 더 건강한 사람이 되었다. 아침에도 모리가 깨우니까 싫어도 일어나게 된다. 알람이 울리면 모리가 따라서 울기 때문에 알람이 울리자마자 벌떡 일어나야 한다. 친구들과 장난으로 "아, 시험 망했다 자살각!" 하다가도, 내가 죽으면 우리 모리는 누가 돌봐주나 하는 생각에 입을 다문다. 억지로이긴 하지만 내 몸을 조금 더 소중하게 생각하게 되었다.

경제관념도 더 생겼다. 알바를 해서 번 돈은 그달 안에 다 써 버리고 저축은 생각도 안 했다. 돈이 부족하면 굶지 뭐 생각했다. 하지만 나는 굶어도 모리를 굶길 수는 없다. 혹시라도 돈이 없어서 모리 사료 값을 못 대면 어쩌나 하는 불안에 적금을 시작했다. 설날이랑 추석에 현금으로 받은 용돈은 봉투에 넣고 모리 사료 값이라고 크게 적었다. 그리고 장롱에 고이 숨겨뒀다. 그렇게 시작해서 알바비가 남으면 통장에 저축도 하고 적금도 넣었다. 다 모리 덕분이다. 모리 장난감이라도 하나 사주려면 열심히 돈을 벌어야 한다.

사실 돈 걱정이 가장 크다. 모리가 아프면 아픈 와중에도 머릿속에는 돈 걱정이 한가득이다. 병원비가 얼마나 나올까, 깎아 주시겠지? 설마 안 깎아 주실까? 병원비가 보통은 얼마 나오지? 네이버에 검색해 본다. 대형견은 기본적으로 돈이 많이 든다. 대형견이라서 사료를 많이 먹는다. 다행히 수의대생에게는 사료를 충당할 방법이 있다. 학회를 가는 거다. 학회마다 사료를 주는 정도는 다르지만 대부분의 학회가 어느 정도 사료를 준다. 고양이를 키우는 친구랑 사료를 바꾸거나 동물을 안 키우는 친구들의 사료를 쓸어온다. 그렇게 받아온 사료를 모리가 먹는 사료에 섞어서 먹인다. 그래서 나는 매번 학회에 빈 캐리어를 가져간다.

돈도 사회적 지위도 뭣도 없는 개 보호자에게는 가끔 굴욕적인 순

간이 찾아온다. 하지만 모리를 위해서 자존심이고 뭐고 다 던져야 할 때가 있다. 내가 많이 부족한 보호자라서 빌어야 할 일이 많았다. 개를 키우면서 난생처음 모욕과 수모를 겪어 봤다. 당할 때는 분하고 눈물이 나지만 지나고 나서 돌이켜 보면 덕분에 내가 성장했음을 많이 느낀다. 한 단계 레벨업 된 내가 자랑스럽기도 하고 점점 내가 생각하는 어른에 가까워지는 나 자신을 발견하게 된다.

모리를 키우며 공부도 더 열심히 한다. 저먼셰퍼드는 인위적으로 품종개량을 많이 한 품종이라서 유난히 여기저기 많이 아픈 견종이다. 수업 시간에 이런 내용도 많이 배운다. 저먼셰퍼드 얘기만 나오면 친구들이 나를 쳐다본다. 우리 모리가 걸릴 수도 있는 질병이니 잘 알아둬야 한다. 안 그래도 모리가 워낙 여기저기 아프다 보니 공부를 많이 할 수밖에 없다. 모리가 공격성을 보이면서 행동학 공부를 많이 하게 되었다. 그래서인지 전과는 비교할 수 없는 경험과 지식을 쌓을 수 있었다. 많은 수의사 선생님들께 도움을 받았다. 정말 감사한 일이다. 그때의 인연이 지금까지 이어지는 경우도 있다. 모리 덕분에 좋은 분들을 많이 알게 되었다.

모리 덕분에 내가 생각하는 훌륭한 수의사에 가까워지고 있다는 생각이 든다. 그전에는 개를 정말 좋아했지만 키운 적이 없어서 어떻게 대해야 할지 몰랐다. 개가 귀엽긴 한데 어떻게 안아야 하는지, 놀아줘야 하는지, 만져도 되는지 난감했다. 모리를 키우면서 다른 개들도 훨씬 안정감 있게 대할 수 있다. 개에게 어떻게 예의 있게 대할지 이제는 알게 되었다. 모리는 다른 개들보다 예민하다. 모리 덕분에 예민한 개들을 더 이해하고 인정하게 되었다. 미래에 동물행동학 전문의가 되었을 때 이 경험들이 큰 자산이 되리라 믿는다.

모리랑 함께하면서 보호자들의 마음도 공감할 수 있게 되었다. 모리와 행복한 순간, 마음 졸인 순간을 겪으며 다른 보호자들을 어느 정도 이해하게 되었다. 모리 덕분에 내가 생각하는 훌륭한 수의사에 오늘도 한 발짝 더 가까워지는 것 같다. 모리에게 정말 고맙다. 모리는 내 선생님이다.

모리 덕분에 전과는 비교할 수 없이 더 나은 사람이 되었다. 내가 만약 좋은 수의사가 된다면 그건 다 모리 덕분이다. 많은 사람들이 개와 함께 삶의 변화를 느끼면 좋겠다.

*

인생이 이렇게 무겁구나

"대형견 키우면 사료 값은 얼마나 들어?"

많이 듣는 질문이다. 보통 "엄청 많이 들어."라고 답변한다. 대형견이니 많이 먹고, 나름 비싼 사료를 먹이다 보니 사료 값이 장난이 아니다. 감기 한 번 안 걸리는 튼튼한 나는 라면만 먹어도 상관없지만 모리는 아프면 안 되니까. 하지만 부모님께 용돈을 받지 않는 가난한 학생인 내게는 부담스러운 가격이다. 그래서 기회만 생기면 어떻게든 비싼 사료를 공짜로 받아오려고 눈에 불을 켜고 찾는다.

수의사와 수의대생을 대상으로 매년 열리는 수의학회가 꽤 있다. 다들 공부하려고 학회장을 방문하는 반면 불순한 목적으로 학회장을 찾는 사람이 있는데 그게 바로 나다. 사료를 공짜로 주기 때문이다. 학회장에서는 부스별로 사료 홍보를 하고, 고품질의 사료 샘플을 무료로 제공한다. 가난한 학생인 나는 여기서 사료를 엄청나게 챙겨서 '사료고개'를 버틴다. 반려동물이 없는 친구들 사료는 내가 뺏는다.

"너 개도 없으면서 사료 받아서 어디다 쓰게 그냥 나 주라."

"그래, 어차피 무거워서 못 들고 갈 거 같으니 그냥 너 가져."

사정을 아는 친구들이 먼저 와서 사료를 상납하면 나는 고맙게 받는다.

"야! 고양이 츄르랑 개 비스켓이랑 바꿀래?"

"콜!"

고양이를 키우는 친구와 간식 및 사료 등을 바꿀 수도 있다. 이러다 보면 각종 개 용품이 산처럼 쌓인다. 엄청난 사료를 정리하다가 아는 수의사 선생님과 마주쳤다. "너 사료 앵벌이하려고 학회 오는 거지?" 농담처럼 던진 말에 엘리베이터를 꽉 채운 수의사 선생님들

이 웃음을 참는 게 느껴졌다. "네 맞아요. 어떻게 아셨어요?" 하하
호호 웃으며 대화를 이어나갔지만 조금 부끄럽기는 했다. 마트에서
만나는 억척스러워 보이는 분들도 이런 마음이었을까? 좀 없어 보
이더라도 어쩔 수 없다. 나는 개 엄마니까.

친구들 사료를 잔뜩 가로채서 가져오는 데 문제가 생긴 적이 있
다. 학회장에서 숙소까지는 지하철로 30분 거리인데, 아무 생각 없

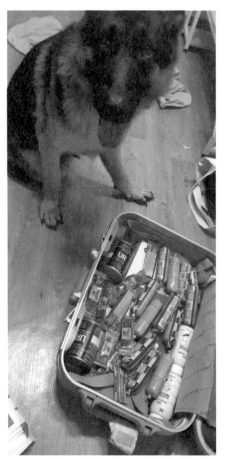

이 캐리어를 숙소에 놓고 왔
다. 만원 지하철에 사료로
꽉 찬 배낭 하나, 옆으로 매
는 가방 둘, 종이 쇼핑백 하
나를 들고 서 있는데 식은땀
이 났다. 지구를 어깨에 짊어
진 듯이 무거워서 무릎이 흔
들리는 기분. 순간 앞이 안
보이고 현기증이 났다. 너무
욕심을 내서 벌을 받은 걸까,
좀 덜 가져올걸… 위기의 순
간에 엄마 생각이 났다. 내가
어렸을 때 부모님은 헌 옷 장
사를 하셨다. 헌 옷을 가져

다가 세탁하고 수선하는 작업을 하는데 산더미같이 쌓인 옷 가방을 차에서 끙끙 옮기던 엄마가 생각났다.

"이게 정말 사람이 들 수 없을 정도로 무겁거든. 한번 무거운 걸 들고 나면 온몸에 진이 얼마나 빠지는지 몰라."

그때는 정말 몰랐다. 인생이 이렇게 무거울 줄. 사료 무게만큼이나 막중한 책임감을 느끼며 집으로 향한다. 그래도 한쪽 벽을 가득 채운 사료를 보니 마음이 든든하다. 가져온 간식을 하나 꺼내 모리입에 물려놓으니 자동으로 씩 웃음이 난다. 누군가를 책임진다는 건 무거운 짐을 버티는 일 같다. 못 들 것 같은 무게의 책임감을 어찌어찌 끌고 가는 것. 그게 엄마가 되는 과정인 것 같다. 이렇게 하루하루 개 엄마가 되어 간다.

*

여자 혼자서도 안전하게 개랑 산책하고 싶어

추석에 할머니랑 이야기하다가 엉엉 울고 말았다. 내가 개랑 산책하면서 얼마나 시비가 많이 벌어지는지를 말하고 있는데 할머니가 말씀하셨다.

"아니 글쎄 우리 동네에서 어떤 처자가 말이야…."

할머니 동네의 한 남자가 개와 산책 중이던 한 여자를 무차별 폭

행했는데 아직도 별다른 처벌 없이 한동네에 살고 있다는 것이었다, 순간 내 일 같아서, 너무 억울해서 울었다. 내가 엉엉 울기 시작하자 할머니가 당황했다.

"네가 이렇게 마음이 약할 줄 알았으면 얘기를 안 꺼내는 건데 내가 실수했다."

나를 진정시키려고 하셨지만 너무 화가 나서 눈물이 멈추질 않았다. 엄마랑 할머니는 나를 위로하는 걸 포기하고 집안일을 시작했다. 여자도 개도 크게 다쳤다고 했다. 나도 개를 산책시키면서 종종 위협을 당하고, 너무너무 무서웠을 때도 많았다. 한밤중에 모르는 남자가 모리랑 나를 따라 집 앞까지 쫓아온 적도 있었고, 잘못한 것도 없는데 쌍욕을 먹는 건 부지기수였다. 위협하는 사람들도 많아서 이러다가 저 아저씨가 나를 패서 죽이면 어쩌지 하는 생각이 들 때도 있었고, 성희롱적 발언을 들은 적도 있었다. 신기하게도 남자 친구와 함께 모리 산책을 시킬 때에는 단 한 번도 시비를 당한 적이 없다.

모리가 무섭게 생긴 개였기에 망정이지, 작은 개를 키웠다면 만만해서 더 위협에 시달렸을 것이다. 남의 일이 아니다. 내가 그런 일을 당할 수도 있고, 내 친구가 그런 일을 당할 수도 있다. 할머니 집에 와서 아무것도 하지 못하고 누워서 울고만 있는 것이 미안하고 죄책감이 느껴졌다. 엄마랑 할머니는 내가 한심하게 울면서 슬퍼하는 동안 집안일을 하고 있었다. 그게 더 괴로웠다. 이렇게 큰 사건이라면 분명히 기사가 났을 것 같아서 인터넷에서 기사를 찾아봤다. 역시나 기사가 많았다. 기사 댓글에서 피해자는 2차 가해를 당하고 있었는데 댓글 하나하나 반박 중이었다. 용기 있는 행동이 멋지게 느껴졌지만 말도 안 되는 댓글을 다는 사람들에 대한 분노도 일었다. 마치 내 일처럼 느껴지고, 내가 도울 수 없는 것이 무력하게 느껴지고 마음이 아팠다. 우리나라가 반려견과 산책하기에 더 안전한 나라가 되면 좋겠다.

＊

혼자 사는 여자가 대형견을 기르면 사람들이 이상하게 봐

"혼자 사는 여자가 대형견을 기르면 사람들이 이상하게 봐."

아르바이트하는 곳에서 종종 마주치는 아저씨가 나에게 한 말이다. 뭐가 이상하다는 걸까? 뭐가 이상한 거냐고 물어도 대답을 해주지 않는다. 집에 가서 검색을 하다가 정말 황당하게도, 젊은 여자가 혼자 대형견을 기르는 건 성적인 행위를 하려는 목적이라는 댓글을 발견했다. 순간 너무 어이가 없어서 코웃음이 났다. 뭐래. 차마 뭐라고 대답해야 할지 생각이 안 날 정도로 황당했다. 어이가 없다는 말 외에는 할 말이 없다. 안 그래도 작고 왜소한데다가 동안이어

서 종종 초등학생으로 오해받는 나를?

  대한민국 국민들이 가장 호감을 느끼지 못하는 검은색 개, 잦은 개물림 사고로 혐오의 시선을 한눈에 받는 대형견에 다리까지 하나 없는 모리, 이 두 조합은 언제나 길 가는 사람들의 시선을 강탈하고 온갖 시비를 불러일으킨다.

  모리랑 산책을 하다 보면 온갖 욕을 다 먹는데 그중에 하나는 감히 여자가 대형견을 키우냐는 것이다. 여자는 대형견을 키우면 안 되는 걸까? 얼마 전 인터넷에서는 대형견 목줄을 잡고 있는 여자 사진에 갑론을박이 벌어졌다. 여자는 대형견에 질질 끌려다닐 것이다, 개를 제어하지 못해 사고가 날 것이다라는 비난이 쏟아졌다. 물론 못 미더울 수도 있다. 최근 개 물림 사고가 워낙 많으니까. 하지만 자기 개를 알아서 잘 키우고 있는 사람을 사진 한 장으로 판단하는 것은 섣부른 판단이다. 모든 여자 보호자들이 개를 통제 못하는 것은 아니며 남자 보호자라고 해서 완벽한 것도 아니다. 내 주변에도 대형견을 잘 컨트롤하는 여자 보호자들이 많다.

  모리는 다리가 하나 없어서 몸의 균형이 잘 맞지 않고, 약하게 태어나 힘 자체가 별로 없고 비실비실한 편이라 줄을 조금만 당겨도 옆으로 넘어져 버린다. 산책 교육도 잘 되어 있어서 나를 끌고 다닌 적도 없고 항상 내 옆에서 걷는다. 그래서 산책할 때 컨트롤하기가 쉬운 편이다. 입마개도 무조건 하고 나간다. 왜냐면 모리는 사람을 문

적이 있기 때문이다. 모리가 사람을 물까 봐 무서워서 밖에 나갈 때는 무조건 입마개를 씌운다. 짧게 잡을 수 있는 단단한 목줄을 사용하고, 웬만하면 사람이 없는 새벽에 산책을 한다. 모리를 처음 데려왔을 때 내가 부족했던 점은 충분히 인정하지만 그 이후로 반성하고 공부하고 노력했다. 최대한 남에게 피해를 주기 싫어서 조심하고 또 조심한다. 하지만 내가 이렇게 노력해도 사람들은 우리의 외형만 보고 판단한다.

'나에 대해서, 모리에 대해서 아무것도 모르면서….'

그럴 때는 참 속상하다.

작은 사람이 큰 개와 함께하는 것은 분명 큰 사람이 작은 개와 함께하는 것보다 더 까다롭고 힘들다. 하지만 이때 중요한 것은 근육량과 성별이 아니라 노력과 책임감이라고 생각한다. 이런 나를 믿어주지 않아도 좋으니 길에서 나한테 소리만 지르지 않았으면 좋겠다. 이런 생각을 하며 오늘도 산책에 나선다.

*

늘 입마개를 하고 다니는 개

한때 개의 몸무게가 정해진 체중을 넘으면 입마개를 필수로 해야 한다는 법 개정 논란이 있었다. 대형견이라면 공격성 여부에 상관 없

이 무조건 입마개를 해야 한다는 것이었다. 과학적이지도 실효성도 없는 논란은 잠잠해졌지만 대형견을 기르는 사람들은 산책하기가 점점 더 힘들어지고 있다. 법적으로 입마개를 해야 하는 맹견 품종이 아닌데도 그렇다. 사람들은 그 개의 평소 성향이나 과거 전력과 상관없이 입마개를 안 하면 무조건 시비를 건다.

한 번도 공격성을 보인 적이 없는데 덩치가 크다고 입마개를 해야 한다면 억울할 일이다. 사실 모리는 실제로 사람을 문 적이 있기 때문에 무조건 입마개를 한다. 아무리 치료를 받아서 좋아졌다고 하더라도 혹시 모르니까. 그래서 집 밖에서 공놀이 같은 건 할 수 없다. 입마개를 하니 산책할 때 조금만 뛰어도 힘들어한다. 발바닥을 제외하고는 몸에 땀샘이 없어 체온을 혀로 방출하는 개들에게 입마개를 하는 것이 가혹하게 느껴진다. 마스크를 쓰고 달리기나 헬스를 해본 사람이라면 공감할 것이다.

나는 입마개를 안 했다가 누가 갑자기 뛰어와서 모리가 놀라거나 목줄이 끊어지면 어쩌지, 산책하다가 내가 갑자기 기절하면 어쩌지 등등 걱정이 많고, 일어날 수 있는 온갖 돌발 상황에 모리를 100퍼센트 완벽하게 제어할 자신도 없다. 그래서 모리와 산책할 때면 무조건 입마개를 하지만 대형견은 무조건 입마개를 해야 한다는 의견에는 반대한다. 크기와 상관없이 개의 성향에 맞게 입마개를 해야 한다. 아무리 작아도 공격적이면 입마개를 하는 것이 개도 보호자도 지나가는 사람에게도 최선이다.

보통 입마개는 강압적인 느낌이 있지만 꾸준히 교육하면 충분히 익숙해질 수 있다. 모리도 처음에는 입마개 착용을 힘들어했지만 점차 편안하게 입마개를 착용하게 되었다. 입마개 안에 간식을 넣고 간식 바구니처럼 사용하면 모리처럼 산책 가기 전에 입마개에 스스로 코를 박고 있는 반려견이 될 수 있을 것이다.

내게 입마개는 개에게 고통을 주는 강압적인 행위라기보다 안전하게 산책할 수 있도록 도와주는 보조 기구 같은 느낌이다. 하지만

공격성이 없는 개에게 타인이 입마개를 해라, 말아라 강요하면 안된다. 입마개가 필요한 개들만 입마개를 하고, 기준은 지나가는 사람의 기분이나 개의 크기가 아니라 공격성 여부가 되어야 한다. 그래야 행인, 보호자, 개 모두 안전하게 산책할 수 있다.

*

아무도 모리를 반기지 않아

모리를 입양하고 얼마 되지 않아서 처음으로 정문을 통해 병원으로 들어간 날 깜짝 놀랐다. 다들 경계하는 시선으로 모리를 슬슬 피했다. 개 보호자도, 고양이 보호자도, 모세의 기적처럼 양 옆으로 갈라져 우리에게 길을 내주었다. 이동 가방에 들어 있는 고양이를 꼭 안고, 나를 경계어린 시선으로 보던 고양이 보호자의 형형한 눈빛이 아직도 생생하다. 모리와 함께 살면서 그때서야 나는 사람들이 모리를 반기지 않는다는 것을 깨달았다. 모리가 혹시라도 공격할까 봐 그러는 걸까? 모리가 다리가 하나 없어서? 아니면 털이 까만색이라서? 덩치가 너무 커서? 아마도 전부 다 정답일 것이다.

동물병원뿐만 아니라 반려견 동반 카페나 운동장도 마찬가지다. 다리가 불편한 모리를 질질 끌고 택시 기사님에게 웃돈까지 얹어주며 간신히 도착한 반려견 운동장에서 문전박대를 당한 채 쓸쓸히 돌아왔던 기억이 떠오른다. 철창 너머로 대형견 스탠더드푸들과 골든 리트리버가 뛰놀고 있었다. 나와 함께 왔던 친구는 10킬로그램의 반려견과 운동장으로 사라졌고, 나는 모리와 언제 올지 모르는 택시를 기다리며 하염없이 철창 너머를 바라보았다.

큰 교훈을 얻은 후 어딘가에 가기 전에 먼저 꼭 전화를 한다. 셰퍼드는 안 받아주는 곳이 많았다. 내가 사는 진주시의 여섯 군데 애견 카페에 전화를 했는데 거절당했고, 다행히 딱 한 군데가 된다고 했다. 사장님이 셰퍼드를 기르는 곳이었다.

공격적이라는 편견을 받는 견종이 몇 있는데 그중 하나가 셰퍼드인 것 같다. 모리는 공격적이기 때문에 할 말은 없지만, 착한 셰퍼드도 많은데…. 이런 편견이 가끔은 섭섭하다. 개의 공격성은 크기와 상관없다. 우스갯소리로 제일 사나운 견종은 치와와라는 밈도 있지 않은가. 그 또한 편견이다! 물었을 때 소형견이 무는 것과 대형견이 무는 것은 그 피해의 정도가 다르겠지만 내가 아는 대형견 보호자들은 그 위험성을 인지하고 훨씬 조심해서 다닌다. 나는 모리와 산책할 때면 항상 긴장해서 주위를 살피며 다닌다. 휴대전화를 보면서 다니거나 음악을 듣지 않는다. 무조건 집중하고 신경을 곤두세우며 산책을 한다.

수의대생이고 동물병원에서 일하다 보니 개를 많이 보게 되는데 경험상 대형견이 더 공격적이라고 볼 수 없다. 산책할 때 입마개도 목줄도 안 한 소형견에게 쫓긴 적이 많다. 한 번은 목줄을 하지 않은 개들이 모리를 보고 달려와서 급하게 모리를 안아 올린 적이 있다. 작은 개들은 내 다리를 잡고 두 발로 서서 으르렁거리며 물려고 들었다. 보호자들은 저 멀리서 웃으면서 천천히 걸어왔다. 모리는 겁을 먹어서 얼어 버렸고 나도 화가 너무 많이 났다. 사실은 이런 일이 산책할 때마다 자주 있다. 기본적인 에티켓은 개의 크기와 상관없이 중요하다.

동물병원에서 일하며 실제로 다른 개에게 물린 개들이 생사를 넘나드는 경우를 많이 봤다. 똑같이 공격적이라도 소형견보다는 대형견이 공격했을 때 더 위협적이고 피해가 크기 때문에 대형견을 무서워하는 게 어찌 보면 당연하다. 그 마음이 이해가 간다. 대형견이 언제 터질지 모르는 시한폭탄 같은 존재처럼 느껴질 테니까. 모리는 한 번도 개를 문 적이 없지만 산책을 나가도, 병원에 가도 어느 순간 주위에 아무도 없다. 개를 키우는 같은 입장인데도 공감하기가 참 어려운 것 같다. 그러니 내가 최대한 조심하는 수밖에.

물론 대형견을 보호자가 통제하지 못하면 더 큰 사고가 일어날 수 있다. 나도 개 물림 사고 소식을 들으면 안타깝고 화가 난다. 이런 사고 때문에 대형견에 대한 인식이 더 나빠지고, 그 피해는 대형견과 산책하는 우리에게 고스란히 온다. 대형견을 키우려면 공부를 많이 해야 하고 노력도 필요하다. 반려견, 특히 대형견을 기르는 데 어느 정도 자격이 필요하다는 말에도 동의한다. 그래서 남에게 피해를 주지 않도록 나는 내가 더 노력하기로 했다. 대형견에 대해서 사람들이 나쁜 인식을 가지지 않도록 더 조심한다. 에티켓을 지키는 대형견 보호자들도 많다. 우리도 조심하고 있다고, 그러니까 좋게 봐 달라고까지는 바라지 않는다. 적어도 잘못한 일에만 혼나면 좋겠다.

*

어린이들에게 부탁할게, 개를 만지지 말아 줘

산책하다가 사람이 가까이 오면 모리와 함께 구석에 서서 길을 비켜 준다. 개가 다가올 때는 모리의 흥분도가 괜찮은 것 같으면 모리를 다리 사이에 끼고 길을 비켜 주고, 걱정이 되면 모리를 업고 개가 지나갈 때까지 기다린다. 그런 내가 모리를 들고 무조건 뛸 때가 있는데 그건 바로 어린이들을 만났을 때다.

어린이가 모리를 마주칠 때면 크게 두 가지 반응을 보인다. 무서워하거나, 흥미를 보이거나! 무서워하는 아이들의 반응은 다양해서 부모님 뒤에 숨기도 하고, 놀라서 울기도 한다. 가장 난감한 것은 소리를 지르는 것이다. 부모님 보기도 민망하고, 모리도 스트레스를 많이 받기 때문에 최대한 빨리 도망간다.

모리에게 흥미를 보이는 경우가 제일 힘들다. 모리를 보고 소리를 지르며 달려오는 아이들은 공포의 대상이다. 모리를 한 번이라도 만져 보려고 졸졸 쫓아오는 아이들을 무시하기란 힘들다. "늑대다!", "공룡이다!", "괴물이다!" 등 기상천외한 이름으로 모리를 부르며 쫓아오는 아이들이 귀엽기도 하지만 모리도, 난생처음 보는 아이도 통제가 되지 않는 상황이라 식은땀을 흘리기 일쑤다.

"얘는 왜 다리가 하나 없어요?"

"얘는 왜 입마개 했어요?"

"몇 살이에요?"

질문에 대답을 하다 보면 어느새 아이들 무리에 둘러싸여 있을 때가 많아서 아이들이 자주 출몰하는 놀이터, 학교 앞 등에는 밤에만 간다. 낮에는 집 밖에 잘 나가지 않는다.

모리를 데리고 나가면 부모님들의 따가운 시선을 느끼곤 한다. 충분히 이해가 간다. 아이가 개에게 물렸다는 소식을 자주 접하기도 하고, 무엇보다 모리가 위협적이게 생기긴 했으니까. 애들도 다니는 길인데 무서운 개를 데리고 다니면 어떡하냐고 화를 내시기도 한다. 그래서 나는 아이들을 보면 도망간다.

집이나 학교에서 아이들에게 개를 어떻게 대해야 하는지를 알려주면 좋겠다. 내 개를 위해서가 아니라 아이의 안전을 위해서! 산책중인 개에게 소리를 지르면 개도 놀라서 돌발행동을 할 수 있다. 눈을 똑바로 마주치고 달려오거나, 갑자기 뒤에서 만지는 경우도 마찬가지다. 돌을 던지거나 나뭇가지로 찌르는 것은 말할 것도 없다. 산책 중인 개를 만나면 아무리 귀엽고 신기하더라도 멀리서 조용히 지나치는 게 좋다. 보호자에게 가까이 가도 될지, 만져 봐도 되는지 물어보는 것도 좋지만 사실은 그냥 지나쳐 주는 게 제일 감사하다. 개 물림 사고 예방을 위해서 아이들에게 개를 만났을 때 어떻게 하면 되는지 교육을 하면 좋겠다.

*

화내지 않고 산책하는 법

매일 공포에 떨고 화가 난 채로 산책을 하다가 도저히 못 참겠어서 나름의 돌파구를 찾았다. 싸우는 건 좋은 방법이 아니었다. 몇 번 싸우기도 했는데 "네 애비 애미 한테도 이렇게 하냐."는 등 온갖 욕을 듣다 보니 전의를 상실했다. 싸워 봤자 이기지도 못하고 오히려 죄 없는 모리만 겁을 먹었다. 내가 느끼는 공포와 분노를 모리도 느낄 것이다. 이런 상황이 반복되니 모리가 사람을 더 무서워하게 되는 것 같아서 내가 달라지기로 했다. 아무리 자존심이 상해도 모리를 위해서 웃자고 다짐했다.

일단 산책하다가 눈이 마주치기만 하면 무조건 "안녕하세요!" 하

고 반갑게 인사를 한다. 내가 웃으면서 다가가니 상대방도 다짜고
짜 화를 내기가 어렵다. 상대방이 할 말이 있어 보이면 대화를 시도
한다. 욕을 하려고 입을 열려는 분위기면 내가 먼저 말을 쏟아내서
상대방의 말문을 막는다. 그리고 마구 칭찬을 해서 기분 좋게 만든
다. 상대방의 말을 잘 들어보니 대부분 화를 내는 데는 이유가 있었
다. 납득할 만한 이유였다. 화가 난 이유를 물어보고 그래도 화를
내면 그냥 무조건 내가 잘못했다고, 다시는 안 그러겠다고, 한 번만
봐달라고 한다. 정말 죄송한 척을 한다. 그러고도 대화가 계속 이어
지면 같이 벤치에 앉아 그분이 하고 싶어 하는 말을 한 시간이고 두
시간이고 듣는다.

"개 주인들이 똥도 안 치우고 말이야."

"아, 그러니까요. 아버님 속상하시게 왜 똥을 안 치울까요. 진짜
너무 못됐다. 저희 개는 밖에서 응가 안 해요. 앞으로는 우리 개 똥
이 아니더라도 그냥 제가 다 치울게요."

물론 치우지는 않는다. 내가 남의 개똥을 왜 치워.

"그래도 그렇지. 개가 똥을 싸는데 밖에 데리고 다니고 말이야."

"아우, 아버님 진짜 너무 죄송해요. 너무 속상하셨죠. 진짜 제가
너무 죄송해요."

죄송하다고 죽을 죄를 지었다고 몇 차례 실랑이를 하고 나면 대
충 화가 풀린다.

"그래 앞으로 잘해. 내가 지켜본다."

"네~."

이렇게 몇 번 면식을 쌓아두면 다음에 마주쳐도 별로 타격이 없다. 일단 동네에 있는 사람 얼굴은 무조건 다 외운다. 동네 마트에서 알바를 했던 게 큰 도움이 되었다. 원래 사람 얼굴을 잘 알아보는 편이다. 손님이 마트 문지방만 밟아도 그 손님이 피는 담배를 꺼내 놓을 만큼 눈썰미가 좋아서 개를 싫어하는 분들 얼굴을 외울 자신이 있었다. 특징과 얼굴을 외운 다음 길에서 마주쳤을 때 저번에 뵙지 않았냐며 잘 지내시냐며 반가운 척 난리를 치면 화낼 타이밍을 놓쳐 버린다. 왜냐면 그분들도 사람이기 때문이다. 누군가의 관심과 애정이 필요한 사람.

그리고 상대방의 말에 맞장구만 친다.

"아니 큰 개를 이렇게 데리고 나오면 어떡해, 무섭게. 내가 얼마나 놀랐는 줄 알아? 이거 어떻게 할 거야."

"아, 어머니 개가 무서우셨구나. 저희 개 때문에 너무 놀라셨죠, 진짜 너무너무 죄송해요. 근데 개가 왜 무서우세요?"

"내가 어렸을 때 개에 물린 적이 있는데…."

이렇게 한두 시간 그분의 유년기와 청년기, 결혼생활과 남편 욕 등 인생사를 들어드리면 별문제 없이 대화가 마무리된다. 나는 손해 볼 게 전혀 없다. 위협하지 않는 사람과 같은 자리에 앉아 있는 것만으로도 모리에게는 충분히 도움이 되니까.

무조건 칭찬을 하는 것도 아주 좋은 방법이다.

"야! 여자애 혼자 개를 산책시키면 어떡해!"

"아, 정말 죄송해요. 얘가 갈 데가 없어서 그래요. 산책시킬 사람이 저밖에 없어요."

"그럼 안 나오면 되잖아."

"근데 산책을 안 하면 다리가 아파진대요."

"그래도 그렇지. 여자애 혼자 개를 산책시키면 어떡해!"

이 정도 되면 무조건 나도 동문서답으로 대답하기 시작한다.

"할아버지 근데 이 시간에 운동도 하시고, 건강도 챙기시고 정말 멋지시다. 저도 운동하는 법 좀 가르쳐 주세요. 너무 정정하시다. 혹시 50대 아니세요? 만날 관리하셔서 동안이시구나."

이러면 으쓱해져서 많은 말을 하는데 나는 맞장구만 치면서 들어주면 된다. 이런 온갖 방법을 다 써봤는데도 무논리로 나오면 나도 아무 말이나 한다.

"이래서 개 키우는 사람들이 문제야. 자기만 생각하고. 이기적이고."

"그러게요, 요즘 세상이 너무 각박해요. 근데 여기 자주 오세요?"

"개를 왜 키우는 거야, 도대체. 냄새나고, 털 날리고, 싸가지 없고."

"그렇게 개를 왜 키울까요. 외국에서는 호랑이도 집에서 기른대요, 글쎄. 돌고래도요. 말세죠?"

"개랑 사람이랑 아주 동급이야, 아주."

"아~ 그렇게 생각하시는구나. 저희 엄마 아빠는 곧 60세가 되세요. 저는 대학생이에요. 부모님이 저를 진짜 자랑스러워하세요."

"우리.때는 개는 그냥 잡아먹으려고 기르던 건데 말이야."

"아~ 그러셨구나. 저는 저희 할머니가 해 주시는 음식 중에서 송

편이 제일 좋아요. 저희 할머니가 저를 진짜 사랑하세요."

아무 말이나 하다가 좋은 주제가 있으면 그 얘기만 내내 하다가 헤어진다. 그러다 보면 화낼 타이밍을 놓치게 된다. 절대 놀리거나 비꼰다는 느낌을 받지 않게 말을 잘 이어가야 한다. 다행히도 너 지금 나 놀리는 거냐며 화를 내신 분은 한 분도 없었다.

이런 방법은 중장년층에게 효과가 좋다. 단 욕하며 위협하는 사람, 술에 취한 사람, 눈빛이 불순해 보이거나 싸한 사람, 아이나 개가 있으면 무조건 도망간다. 위험하니까.

이런 방법을 쓰면서 모리가 놀라는 횟수가 많이 줄었다. 내가 하는 방식이 옳은지 솔직히 잘 모르겠다. 하지만 나한테는 모리가 상처를 받는지 안 받는지가 가장 중요하다. 나한테는 어떤 나쁜 말을 해도 좋으니 모리는 건들지 않았으면 좋겠다. 다행히도 모리는 저 사람이 대충 화났다는 건 인지하더라도 어떤 모욕을 하는지는 모를 것이다. 그래서 모리가 못 알아듣는 내용에 대해서는 화를 삭이기로 마음먹었다.

나도 안다. 내가 만만하니까 무시한다는 걸. 마음속으로 지금 게임을 하는 거라고 생각한다. 퀘스트를 깨듯이 산책 미션을 수행하는 거다. 그렇게 생각하면 화가 조금 줄어든다. 모리를 위해서 자존심은 버린 지 오래다. 사람들과 억지로 대화를 하다가 좋은 분들도 많이 만났다. 나는 시비를 건다고 생각했는데 대화를 나눠 보니 그

어느 날 귀가했는데 문에 걸려 있었던 앞집 아저씨의 선물. 간식에는 '귀염둥이 간식 주세요.'라고 적혀 있었다. 모리가 짖어서 힘드셨을 텐데도 모리를 많이 예뻐하신다. 미안함과 감사함에 눈물이 났다.

냥 궁금했던 분들도 많았다.

"학생 대단한 일 하는 거야! 학생은 나중에 분명히 천당 갈 거야."

"매일 산책 나오는 걸 보니 참 대단하네. 내가 다리가 아픈데 학생 개를 보니까 괜히 운동을 더 열심히 하게 되지 뭐야."

이런 응원과 격려를 아낌없이 해 주는 분들도 많았다. 참 감사하다. 사람들이 모리를 친절하게 대해 주기를 바라는 마음에 내가 먼저 친절한 이웃이 되었다.

이별은 대개 더럽고 추잡스럽더라고

애니메이션 〈드래곤 길들이기 3〉를 영화관에서 보고 한참을 펑펑 울었다. 1편과 2편에서 히컵과 투슬리스가 쌓아온 우정이 무색하게 둘은 쿨하게 헤어져 제 갈 길을 갔다. 각자 가정도 이루고 무리도 통솔하면서. 보는 사람은 이렇게도 마음이 찢어지는데 둘은 "뭐, 아쉽지만 좋은 선택을 한 거지." 이런 느낌이었다. 집에 돌아오자마자 모리를 꼭 끌어안았다. 그제야 안정감이 느껴졌다.

"모리야, 우리도 그런 관계잖아. 너와 나의 관계를 뭐라고 설명할 수 있는 단어는 아직 찾지 못했지만 난 우리가 드래곤 길들이기의 투슬리스랑 히컵 같은 관계라고 생각하거든."

그러다가 갑작스럽게 모리가 자기 살길을 찾아 떠나는 상상이 머리를 스치고 지나갔다.

"집사야, 나 이제 독일에 가서 다른 저먼셰퍼드 친구들이랑 같이 살래. 비행기 티켓 좀 사주라."

갑자기 눈앞이 아찔했다. 물론 그럴 일은 없겠지만 절대 안 된다고 하고 싶었다.

"안 돼. 세상에 나쁜 사람들이 얼마나 많은데. 그리고 너는 다리도 아프잖아. 친구들이 왕따시키면 어쩔 거야. 그리고 먹는 건 어떡하게."

"친구들이 먹을 거 잡아 온대. 그리고 산책도 매일 할 수 있대. 아무데서나 쉬해도 아무도 뭐라고 안 한대. 목욕도 안 해도 된대. 집사야 그동안 고마웠어. 잘 살아. 평생 보지 말자!"

안 돼! 절대 안 돼! 나는 모리의 바짓가랑이를 붙잡고 매달리는 상상을 했다. 근데 만약에 엄청 부자인 사람이 모리를 데려간다고 하면 나는 그냥 보내줄 것 같다. 나는 너무 부족하고 가난한 보호자라서, 돈 벌고 학교 가느라 바빠서 너를 기다리게 하고, 맛있는 거 좋은 거 사주지 못해서 미안했거든. 너랑 하루 24시간을 함께할 여유가 있고 나보다도 너를 더 사랑해 주는 사람이 갑자기 나타난다면 나는 너를 그냥 보낼 거 같아. 비싼 음식만 먹고, 나랑 '야매'로 산책하는 거 말고 엄청 비싼 재활치료도 만날 받고, 온갖 비싼 장난감도 사달라고 해. 너 장난감 부수는 거 좋아하잖아. 아껴 쓸 필요도 없을 거야. 비록 나는 네가 가면 햇볕에 비쩍 말라 바람에 날리는 지렁이처럼 건조하게 살겠지만 말이야. 네가 없으면 나는 불행하고 외롭고 우울할 것 같아. 사실 죽어도 보내고 싶지 않아. 그래도 너를 위해서라면 나는 너를 보내줄 수 있어.

누가 모리를 데려간다고 하지도 않았는데 갑자기 눈물이 왈칵 났다. 순간 깨달았다. 모리가 집을 나가서 셰퍼드의 고향인 독일에 가지 않아도, 누가 모리를 데려가지 않아도, 우리는 언젠가 헤어질 날이 올 거라는 걸. 둘 중에 누가 먼저 죽을지는 알 수 없어도 우리가 동시에 죽을 확률은 사실상 없으니까. 영화에서의 이별은 마냥 멋지고 아름다워 보였는데 실제로 그렇지 않다는 걸 우리는 안다. 막상 이별할 순간이 오면 나는 온갖 더럽고 추잡스러운 방법으로 너를 붙잡을 거 같아. 어떻게든 하루라도 더 함께하려고. 그래도 나는 노력해 보려고 한다. 마지막 순간에 너를 붙들고 "참 멋진 여정이었어. 덕분에 행복했어." 하고 웃으며 마무리할 수 있기를.

*

그 많은 장애견들은 다 어디로 간 걸까?

오랜만에 낮에 산책을 하고 있는데 남자 아이가 다가왔다.

"얘는 다리가 왜 한 개 없어요?"

"태어날 때부터 다리가 아파서 절단수술을 했어."

"근데 절단이 뭐예요?"

"다리를 자른다는 거야."

"그렇구나. 근데요, 저는 이런 개 태어나서 처음 봐요."

남자 아이는 종종 뛰어서 사라졌다. 사람들은 다리 하나 없는 개가 참 신기한가 보다. 나라도 그럴 것 같긴 하다. 그렇다. 내가 생각해도 길에서 산책하는 개 중에 장애견은 없다. 사실 나도 장애견을 만나본 적이 거의 없다. 나는 수의대생이고, 동물병원에서 알바도 하는데도 말이다. 갑자기 그런 의문이 들었다. 그 많은 장애견들은 다 어디로 간 걸까?

모리 말고 다른 장애견들은 어떻게 지내는지 궁금해 조사를 했는데 장애견의 수가 얼마나 되는지조차 통계를 찾지 못했다. 장애견에 관한 기사를 여러 편 읽었는데 대부분 장애 때문에 버려졌다는 내용이었다. 유기견 보호소에서 운 좋게 좋은 보호자를 만나 행복하게 사는 경우도 있겠지만 장애견 입양이 잦다면 뉴스에 나오지 않을 것이다. 건강한 개들도 버려져 안락사를 당하는데 수많은 장애견들이 어떻게 되었을지 생각하니 마음이 아팠다. 분명히 기형으로 태어난 개들이 많을 텐데, 개 번식장에서 장애를 가지고 태어난 개들은 어떻게 되는 걸까? 알 방도는 없지만 어떻게 될지 대충 알 것 같았다. 아무도 그 개들을 책임지려고 하지 않을 것이다. 모리도 그랬다. 기형으로 태어나 한 번도 네 발로 걸어본 적이 없었던 모리. 아무도 모리를 원하지 않았다.

처음 모리를 만났을 때 모리의 미래가 걱정되고 두려웠다. 이 애가 어떻게 살 수 있을지, 삶이 고통만은 아닐지 고민하고 또 고민했다. 너를 진짜로 위한다면 편하게 해 주는 게 맞지 않을까? 고민의 연속이었다. 그러다가 모리가 사람으로 태어났다면 안락사했을까 생각해 보았다. 답은 '아니다'였다. 모리는 어떻게 생각할까? 나는

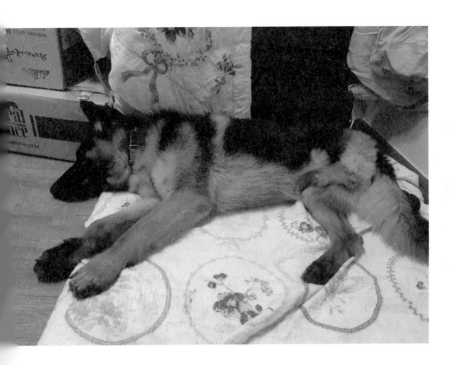

모리의 눈에서 더 먹고 싶고, 더 놀고 싶고, 더 뛰고 싶다는 마음을
느꼈다. 모리의 삶이 괴롭고 고통스럽게만 보이지 않았다. 그래서
모리에게 더 살아갈 기회를 주고 싶었다.

생명에 치명적인 영향을 주는 기형, 고통이 너무 심한 경우에는 아
이를 위해 보내 주는 것이 맞지만 불편할 뿐 생명에 지장이 없는 정
도의 기형이라면 조금 더 생각해 보아야 한다. 장애견은 비장애견보
다 더 많은 관심이 필요하지만 내가 모리와 함께 살아보니 우리는

충분히 평범하게 살아가고 있었다.

모리와 일상이 힘들지만은 않다. 대형견 모리가 네 다리였다면 분명 나를 질질 끌고 다녔을 것이다. 지금은 모리를 통제할 수 있고 산책을 편하게 하고 있다. 물론 쉬어가며 해야 해서 시간은 더 오래 걸리지만. 모리는 다른 셰퍼드에 비해서 작고 약하게 태어나서 가벼운 편이다. 일반적인 셰퍼드보다 훨씬 적은 27킬로그램이라는 무게 덕분에 모리를 업고 다닐 수 있다. 나는 그래서 모리를 가끔 미니 셰퍼드라고 부른다.

병원비가 많이 드는 건 부정할 수 없지만 다른 개들도 이 정도의 병원비는 들 것이다. 장애 없이 건강하게 태어났어도 갑작스럽게 아플 일은 많다.

장애견과 함께하는 삶은 종일 쫓아다니며 뒤치다꺼리를 하는 희생과 봉사의 연속이라고 생각하기 쉽지만 그렇지 않다. 모리는 많은 것들을 자기가 알아서 한다. 모리는 다른 개들보다 조금 느린 것 말고는 크게 다르지 않다. 침대로 점프를 해서 올라오기도 하고, 세 다리를 열심히 잘 쪼그려 응가도 잘한다. 힘은 조금 부족하지만 앞다리로 붙잡고 뼈다귀도 야무지게 뜯을 수 있다. 속도를 내서 달리다가 장애물이 나타나면 모리는 세 다리를 조절해 가며 요리조리 잘 피한다. 불편하면 불편한 대로, 동물들은 생각보다 잘 적응해 나간다.

살면서 가장 잘한 일이 있다면 그건 우리 모리를 데려온 거다. 나에게 있어 가장 큰 선물이고 기쁨이다. 장애를 가지고 세상에 태어난 개를 마주한 보호자들에게 안락사하지 않는 선택지도 있다는 것을 알려 드리고 싶다. 힘들 것 같지만 살다 보면 또 적응하고 살게된다. 생각보다 그렇게 고되지만은 않다. 장애견에게도 행복할 기회가 더 많이 주어지기를 오늘도 기도한다.

*

장애견이라 불편한 게 아니라 시선과 편견이 더 불편하다

장애견과 살면 불편하지 않냐는 말을 많이 듣는다. 사실 장애 때문에 불편한 것보다 사람들의 시선과 편견이 불편할 때가 더 많다. 모리랑 산책을 하다 보면 내가 마치 연예인이 된 것 같은 기분이 든다. 길거리를 지나는 모든 사람의 부담스러운 시선이 집요하게 따라붙는다. 남녀노소 할 것 없이 와서 "얘는 다리가 왜 이래요?" 하고 묻는다. 거기까지는 괜찮다. 궁금할 수 있으니까. 하지만 예외 없이 따라붙는 말이 있다.

"아이고, 불쌍해."

어느 날은 다른 개가 모리를 보고 짖자 "너 불쌍한 애한테 짖으면 안 돼!"라고 큰 소리로 혼내는 게 아닌가. 정말 복잡한 기분이었다. 모리가 알아들을 수 없는 말이라 다행이라는 생각이 가장 먼저

들었다.

장애가 있는 개를 기르며 장애를 가지고 계신 분들은 어떤 기분일지 생각해 보게 되었다. 모리는 다리가 하나 없을 뿐인데 사람들은 어떻게든 필요 없는 도움을 주려고 하고 동정하며 불쌍하게 여긴다. 모리는 조금 다를 뿐이지 다양한 상황에서 얼마든지 잘 지낼 수 있다는 걸 다들 잘 모른다. 다리 하나가 없으면 없는 대로 어떻게든 적응한다. 사람들은 장애가 있는 모리를 보기 불편해하고, 불쌍해하고, 슬퍼하는데 모리는 정작 아무 생각도 없어 보인다.

모리를 불쌍해하는 말과 시선들이 너무 불편하고 화가 나다가도, 모리를 싫어하는 것보다는 불쌍해하는 게 차라리 낫지 않을까 생각하기도 한다. 내 기분은 나쁘지만 모리의 기분이 더 중요하니까. 그러다가 내 생각이 바뀐 사건이 있다.

임시보호 중인 장애견의 입양을 고민하던 분이 이런 말을 했다.

"장애가 있으니까 내 몸이 힘든 건 상관이 없어요. 그런데 개를 볼 때마다 너무 불쌍해서 내 마음이 아플 것 같아 못 키울 것 같아요."

이 말을 듣고 머리를 얻어맞은 듯했다.

'장애 때문이 아니라 장애견을 불쌍해하는 시선 때문에 장애견이 입양이 안 될 수도 있구나.'

장애가 있어도 보란 듯이 더 행복하게, 더 잘 사는 모습을 보여 주고 싶다는 생각이 들었다.

세상엔 다양한 개들이 있다. 점이 많은 개, 눈이 커다란 개, 다리가 짧은 개처럼 다리가 하나 없는 개도 있다. 그 이상도 그 이하도 아니다. 장애가 있는 모든 생명이 마음껏 길거리를 걸어다녀도 이상하게 보지 않는 그런 날이 오기를 바란다.

5장

나만 슬퍼할 테니까
너는 내 생각하지 말고 마냥 철없이 지내

*

모리 또 아프다

아침 8시, 모리가 구역질하는 소리에 잠이 깼다. 일어나 보니 모리가 토를 하고 있었다. 급하게 밥을 먹으면 토할 때가 있어서 별일 아니라고 생각했다. 그런데 점심쯤 집에 와 보니 모리가 여기저기 토를 해놓았다. 놀라서 다니던 병원에 연락하니 활력이 있으면 조금 더 기다려 보라고 했다. 산책하러 나갔는데 평소보다 기력이 떨어져 보이지 않아서 일단 기다려 보기로 했다.

그런데 밤에 모리가 갑자기 계속해서 구토를 하기 시작했다. 병원 진료 시간이 끝난 늦은 밤이라서 당혹스러웠다. 우리가 사는 시에는 24시간 동물병원이 없다. 낮에 병원에 갈걸 후회가 물밀 듯 밀려왔다. 모리는 물을 마시고 토하고를 반복했고 한 번 토할 때마다 방바닥이 물벼락을 맞은 듯 홍수가 났다.

모리가 반복해서 토를 할 때마다 걸레를 들고 방바닥 닦기를 반복했다. 결국 물그릇을 뺏자 구토가 멎었다. 너무 불안하고 무서운 밤이었다. 모리는 아픈지 계속 끙끙 앓았고 나도 한숨도 못 잤다. 아침이 왜 이렇게 안 오는지 답답하고 당혹스러웠다.

마침내 아침이 왔다. 수업을 빼먹고 다니던 동물병원 수의사 선생님과 통화를 했다.

"음… 토를 그렇게 많이 했다고? 예삿일이 아닌 것 같은데? 대학병원에 가는 게 좋겠다."

불안한 마음으로 대학병원 데스크를 찾아갔다.

"제가… 수의대 학생인데요. 저희 개가 아픈데 진료를 볼 수 있을까요?"

"수의대 학생이면 교수님께 직접 말씀드리는 게 더 빨라요."

병원에서 교수님 방으로 가면서 오만 가지 생각이 다 들었다. 내가 이 교수님한테 부탁을 드려도 될까? 한 번도 개인적으로 대화해본 적이 없는데… 안 된다고 하시면 어쩌지?

"네, 들어오세요."

문을 열고 교수님 얼굴을 보는데 순간 말문이 막혔다.

"무슨 일이니?"

한참을 말없이 있다가 나도 모르게 소리 내서 울기 시작했다. 교수님이 당황하신 게 느껴졌다. 당연하다. 처음 보는 학생이 갑자기 와서 엉엉 우니까.

"안녕하세요… 저는 본과 3학년 이연희라고 하는데요… 제가… 저희… 개가… 어제부터… 자꾸 토를 하고… 너무 아픈데… 동물 병원에 물어봤는데… 대학병원에 가보라고… 해서… 근데… 데스크에서… 교수님께 부탁드리면 봐주실 수도 있다고 하셔서… 혹시… 봐주실 수 있는지… 여쭤 보려고…."

말을 횡설수설 하니까 교수님이 나를 따뜻하게 달래 주셨다.

"봐줄게, 지금 데리고 와."

학교에서 집까지 뛰어가 모리에게 목줄을 채워 다시 학교로 향했다. 모리는 어제 그렇게 토를 했으면서도 기력이 좋아서 평소처럼 뛰어서 학교에 왔다.

검사를 기다리는 내내 창피한 줄도 모르고 아주 많은 사람들 앞에서 계속 엉엉 울었다.

병원에서 근로학생으로 일하는 후배도, 실습하러 온 본과 4학년 선배들도, 교수님도, 대학원 선생님들도, 학부생들도 내가 엉엉 우는 걸 봤다.

"연희야, 너 여기서 뭐해? 수업 안 가?"

"연희야 왜 울어?"

다들 엄청 당혹스러워했다. 많은 사람들이 나를 달래려고 노력하는데 그런 위로의 말이 들리지 않고 모두 튕겨 나갔다. 아무 말도 할 수 없었다.

검사 결과가 나왔다. 장에서 선형 이물(선처럼 긴 이물질)이 발견되었고 병원에 너무 늦게 왔다고 했다. 장이 많이 손상되었다고. 응급 수술을 하기로 했다. 한없이 아래로, 또 아래로 추락하는 기분. 절망스러웠다.

수술을 기다리는 내내 눈물이 쏟아졌다. 한없이 자책만 하게 되었다.

'다 내 잘못이야. 집을 더 깨끗하게 치울걸. 모리를 더 잘 감시할걸. 병원에 더 일찍 올걸. 집을 비우지 말고 모리랑 같이 있어 줄걸….'

모리에게 미안하고 내가 너무 미워서 우는 것 말고는 아무것도 할 수 없었다. 대학원 선생님들도 내가 걱정되었는지 많이 챙겨 주셨다. 모리 옆에 쭈그리고 앉아 있는데 대학원생 언니가 슬쩍 다가왔다.

"연희야 너 점심도 안 먹었잖아. 이거 교수님이 너 먹으라고 사주셨어."

도시락이랑 주스를 받는데 눈물이 났다. 감사하고 죄송한데 전혀 먹지를 못했다. 교수님도 위로해 주려고 다시 찾아오셨다.

"다 제 잘못인 것 같아요."

"연희야 네 잘못이 아니야, 집에 있는 모든 물건을 다 치울 수는

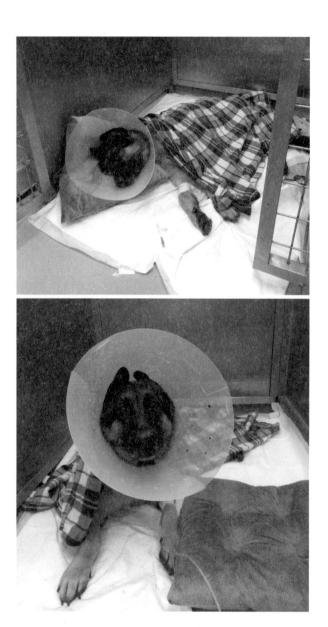

없어. 이렇게 주워 먹는 습관이 있는 개들은 아무리 열심히 치워도 어떻게든 찾아서 먹더라. 네가 잘못한 게 아니야."

덕분에 약간 정신을 차릴 수 있었다. 따뜻한 말 한마디가 말로 설명할 수 없는 큰 위로가 되었다. 앞으로 나도 당황한 보호자님께 위로 한마디를 전할 수 있는 수의사가 되겠다고 다짐하며 어느 정도 정신을 차렸다. 그런데 앞으로가 걱정이었다. 내가 아무리 집을 잘 치워도 집에 있는 모든 물건을 다 치울 수는 없다. 혹시 또 이런 사고가 생길까 봐 걱정이 되었다. 교수님들도 지금까지의 모리 상황을 듣고 나서 행동치료를 권했다. 또다시 김선아 수의사님께 도움을 구했다. 증상을 설명드리고 나니 이 정도면 약물로 치료해야 하는 이식증이라고 했다. 여러 번이나 이물을 먹어서 아팠는데도 나는 '내가 더 모리랑 있어줄걸, 산책을 더 할걸, 집을 잘 치울걸' 하고 내 탓만 했다. 정작 모리의 이식증을 치료해 줄 생각을 못했다. 왜 그런 생각을 못했을까. 공부도 많이 했으면서.

모리에게 미안해서 울고 또 울었다. 그런데 그 와중에 돈이 얼마 나올지도 걱정이었다.

'어휴, 지금 모리가 죽을지 살지 모르는 이 순간에 돈이 문제냐?'

그렇게 생각하면서도 일단은 돈이 문제였다.

'모리 아플 때 쓰려고 모아둔 적금 몇 백만 원 있고, 부족하면 한국장학재단에서 생활비 대출 150만 원 받고, 다 합쳤는데도 부족

하면 어쩌지. 돈을 어디서 빌리지.'

고민하다가 일단 나중에 생각하기로 했다. 가난해서 미안해 모리야. 넌 일단 걱정하지 말고 빨리 낫기나 해. 모리를 쓰다듬으며 모리 옆에 쭈그려 누웠다. 너무 힘이 없어 보여 마음이 아팠다.

운 좋게도 모리는 바로 수술을 받을 수 있었다. 교수님께 울면서 감사하다고 했다.

"교수님 제가 나중에 훌륭한 수의사가 되어서 꼭 은혜를 갚겠습니다. 바쁘신데 수술해 주셔서 감사합니다."

울면서 아무 말이나 했다. 사실 무슨 말을 했는지도 기억이 잘 안난다. 수술을 참관하겠냐는 말에 그러겠다고 했다. 선배들이 걱정스러운 말투로 나를 불렀다.

"연희야 괜찮겠어? 나도 우리 개 중성화 수술하는 거 봤는데 좀 충격이더라. 아무리 수술을 많이 봤다고 하더라도 내 개 수술은 또 다르잖아."

"그래도 볼래요."

내가 받을 충격이 중요한 게 아니었다. 모리랑 같이 있어 주고 싶었다. 나는 잠든 모리를 지켜 봤다. 사랑하는 모리의 배를 가르고 장을 자르고, 봉합하고 그런 것들을 보면서 하염없이 눈물이 났다. 수술에 방해가 될까 봐 소리 내어 울지는 못했지만 주룩주룩 눈물이 났다.

'모리야. 내가 부족해서 너를 고생만 시켜. 나 때문에 네가 이렇게 아프게 됐어. 내가 앞으로 진짜 잘할게. 내가 앞으로 다시는 이런 일 없게 할게. 진짜 미안해.'

마음속으로 되뇌었다. 마침내 긴 수술이 끝났다. 모리의 몸에서는 마트에서 산 싸구려 장난감 조각, 천 조각, 인형 조각 등 다양한 이물질이 나왔다. 내용물을 보니 다시 눈물이 났다. 비싼 장난감 좀 사줄걸, 그게 얼마나 한다고, 싸구려 장난감을 사줘서 이렇게 고생하게 했을까. 엄마가 직접 꿰매고 솜을 넣어 만든 장난감도 있었다. 후회에 눈물이 나고 또 났다. 수술이 끝나고 누워 있는 모리를 보니 착잡했다. 숨을 쉴 때마다 호흡 마취제 냄새가 났다.

모리는 마취에서 잘 깨어나지 못하는 체질이다. 전신마취 때는 항상 마취에서 깨지 못하고 다음 날 일어났다. 며칠 동안 모리를 돌보려면 일단은 쉬어야 할 것 같았다. 당직 선생님께 모리를 맡기고 집에 돌아왔다. 아침 9시에 병원을 가서 한 끼도 먹지 못하고 밤 12시가 되어 집에 도착했다. 집에 오니 두들겨 맞은 것처럼 온몸이 아프고 너무 피곤해서 그대로 침대에 뻗었다. 모리가 없는 밤이 낯설었다.

입원실 모리 곁에서 먹고 자고

다음 날 병원으로 출근을 했다. 수업이고 뭐고 나도 모르게 동물 병원으로 달려갔다. 곁에 내가 있어야 모리가 기운을 차릴 것 같았다. 모리는 다른 사람이 주는 건 절대 먹지 않고 내가 주는 것만 먹는다. 감사하게도 병원에서 내가 모리 옆에 있어도 된다고 해서 모리를 돌봐줄 수 있었다. 물 먹이고, 밥 먹이고, 때맞춰 뒤집어 주고, 체온 떨어지면 따뜻하게 해 주고, 쉬하면 패드 갈아 주고, 흐트러진 이불 정리하고, 하루 종일 할 일이 많았다. 모리를 처음 만난 순간부터 지금까지 모리는 많이 아팠고, 생사를 넘나드는 위기가 많았지만 이번에는 뭔가 다르게 느껴진다. 이번엔 진짜 위험할 수 있을 것 같았다. 내가 그 누구보다도 모리를 잘 아니까, 더 무섭고 불안하다.

"연희야 너 밥이라도 좀 먹고 와."

"저 그냥 안 먹을래요."

내가 잠시 밥 먹으러 나간 사이에 모리 상태가 나빠지면 혹시 마지막을 지키지 못할까 봐 무서워서 도저히 자리를 비울 수가 없었다. 너무 배가 고프면 병원 옆에 있는 매점에서 아무거나 사서 입에 욱여넣고 다시 뛰어서 병원으로 갔다. 감사하게도 대학원 선생님들이 배달 음식 시킬 때 내 것도 챙겨 주셨다. 그렇게 며칠간 병원 지박

령으로 살았다.

모리는 기운도 없으면서 내가 어딜 가려고 일어서면 힘없이 고개를 든다. 가지 말라고 애원하는 것 같다. 모리를 떠나고 싶지 않았다. 며칠 후에 중요한 시험이 있어서 모리 옆에 앉아서 공부를 했지만 눈에 들어오지 않았다. 수의대에서는 한 과목만 F가 나와도 유급을 당한다. 학교를 1년 더 다녀야 한다. 그걸 아는데도 공부를 할 수가 없다. 누군가 내 귀에 대고 소리를 지르는 것 같았다.

"네 잘못이야!"

맞다. 다 내 잘못이지만 나는 강해질 거다. 강해져야 모리가 안심하고 낫는 데 집중할 수 있으니까. 절대 무너지지 않을 거라고 스스로를 다잡아도 나는 나약한 사람이라서 쉽사리 힘을 낼 수가 없다. 한밤중에 모리 발을 잡고 앉아 있다가 깜빡 잠이 들었다. 나를 흔들어 깨우는 당직 선생님의 손길에 비척비척 일어났다.

"연희야 내가 당직 때 쓰려고 들고 온 베개랑 이불인데 너 써."

대형견 입원장 옆에 라꾸라꾸 침대를 깔고 잠을 청하다가 모리랑 더 가까이 있고 싶어서 침대 아래로 내려갔다. 가물가물 잠에 빠져들면서 눈을 뜨고 일어나면 모리가 좀 더 건강해져 있기를 바라고 또 바랐다.

*

이제 그만합시다

아침이 되고 화장실 거울에 비친 내 모습을 봤다. 며칠 동안 머리를 못 감아서 뻗치고 떡이 져 있었다. 씻지 않아서 더럽고 냄새나고. 너무 울어서 눈은 부은 채 퀭하게 쑥 들어가 있었다. 피부는 말라비틀어졌고 입술은 말라서 터지고 완전 거지꼴이었다.

"연희야 며칠 새에 눈이 쑥 들어갔어."

대학원 선생님이 걱정해 주셨다. 가족들도 친구들도 모리 괜찮냐고, 너는 괜찮냐고 물어봤지만 나는 그냥 씩 웃었다. 설명하고 싶지 않았다.

　오늘 아침은 모리가 상태가 좋다. 자기를 보러 온 교수님을 향해 맹렬하게 짖기까지 했다. 축 늘어져 있던 모리에게서 생기가 느껴졌다. 눈에 총기가 돌았다! 모리 사진을 찍어 교수님들께 자랑을 했다.

　"모리가 많이 좋아졌어요!"

　"개는 주인 기분 생각해서 애써 괜찮은 척하지 않아. 정말 괜찮아서 괜찮아 보이는 걸 거야. 다행이다."

　"교수님 정말 감사합니다."

　"모리가 살아서 병원을 나갈 때, 그때 감사하다고 해."

　기쁨도 잠시, 다음 날 모리 상태가 갑자기 나빠졌다. 모든 수치가 나빴고 수술한 장이 다시 터졌다. 내가 병원에 너무 늦게 와서, 장이 이미 너무 많이 손상되어서, 버티지를 못했다. 괜찮을 줄만 알았는데 모든 게 꿈같았다. 집에 계시던 교수님이 한밤중에 달려오셔서 재수술을 해 주셨다. 감사하고 죄송했다. 수술 참관을 들어가서 혹시라도 방해가 될까 봐 소리도 내지 못하고 주룩주룩 눈물을 흘렸다.

　수술 후 회복해야 하는데 모리는 아무것도 먹으려 하지 않았다. 모리를 억지로 달래가며 유동식을 먹이면서 버텼지만 상태가 아주 나빴다. 여러 가지 합병증이 찾아왔다. 복수가 차서 말라붙었던 배가 빵빵하게 부풀어 오르고, 숨쉬기가 어려워 헐떡였다. 항상 눈을 마주치며 입을 벌리고 씩 웃어 주던 모리는 텅 빈 눈으로 바닥에 엎어져 있었다. 혈액검사를 했는데 결과가 전체적으로 다 나빴다. 나쁜 생각이 자꾸 머리를 스쳤다. 나는 종교가 없지만 누구라도 붙잡고 싶었다. 눈을 감고 기도를 했다.

'하나님, 저 연희예요. 제가 초등학교 때 교회 열심히 다니다가 그만두고 어른이 되어서야 또 기도를 드려요. 오랜만에 이런 부탁드리기 죄송하지만 제발 저희 모리 좀 살려 주세요. 안 될까요? 제가 진짜 부탁드릴게요. 모리는 잘못한 게 없어요. 제 수명을 조금 깎아서 모리에게 주면 안 될까요? 모리 살려주시면 제가 매주 교회에 나갈게요. 원래 하나님한테는 바라기만 해서는 안 된다면서요. 저도 교회에서 배워서 알아요. 근데 이번 한 번만 도와주시면 안 될까요? 앞으로 이런 부탁 진짜 안 할게요. 제발 딱 한 번만 도와주세요.'

늘 그렇듯 나는 믿음이 부족하여 어떠한 응답도 돌아오지 않았다.

안 먹는다는 모리를 억지로 밥을 먹이는데 마음 한구석이 시큰하게 아파 왔다.

"제발 한 입만 먹어 줘 모리야. 이거 되게 맛있는 건데, 평소라면 눈을 뒤집고 먹을 텐데 너 정말 많이 아프구나."

모리는 착해서 먹기 싫은데도 내가 억지로 먹이면 또 먹는다. 늘 그랬다. 양치도 발톱 깎는 것도 모리는 항상 잘 참았다. 모든 걸 잘 참는 모리가 아픈 것도 참고 있었다는 걸 몰랐다. 우리는 모리가 위기를 넘기고 잘 회복하고 있는 줄만 알았다. 모리가 앉아서 잘 쉬고 있어서 수의사 선생님도 그렇고 나도 그렇고 모두가 이상함을 느끼지 못했다.

축 늘어진 모리를 쓰다듬는데 갑자기 한쪽 눈이 돌아갔다.

"선생님 모리 안구진탕 보여요. 이상한 것 같아요."

말이 끝나기가 무섭게 코로 입으로 초록색 토사물이 줄줄 쏟아졌다. 온몸이 경직되고 잇몸이 새파랗게 질렸다. 그때 나는 모리와의 이별을 직감했다.

모리가 숨이 멎었다.

순간 다들 다급하게 뛰어다니며 소리를 지르고 모리를 옮기고 가슴을 압박하고 산소를 공급하는데 나는 가만히 얼어붙어서 움직일 수가 없었다. 이게 현실일까? 꿈은 아니겠지? 온몸이 굳어 버린 듯했다. 대형견 심폐소생술은 생각보다 굉장히 힘든 일이다. 한 사람은 산소를 공급하고, 한 사람은 약물을 주입하고, 한 사람은 흔들리지 않도록 모리를 잡고, 한 사람은 압박을 하고, 힘에 부치면 다음 사람이랑 교대하면서 오랫동안 심폐소생술을 했다. 하지만 나는 알았다. 이미 모리는 돌아올 수 없는 곳으로 떠나 버렸다는 것을.

"이제 그만, 그만해요."

심폐소생술을 하고 있는 선생님 손을 내가 잡았다. 아무리 심폐소생술을 해도 모리가 돌아올 수 없다는 걸 깨달았다. 인정해야 하는 순간이었다. 너무 놀라서 눈물조차 나오지 않았는데 모리의 죽음을 인정하고 나니 눈물이 쏟아졌다. 너무 많이 울어서 과호흡이 왔다. 내가 수술대에 머리를 막 박으면서 울어서 선생님들이 그러지 말라고 나를 잡아당겼다. 부끄러운 줄도 모르고 선배들 앞에서 소리를 질렀다.

"모리야, 안 돼. 안 돼. 모리야 안 돼."

부르고 또 불렀다. 믿을 수가 없었다. 이게 우리 모리라니. 현실인가? 며칠간 잠을 너무 못 자서인지 머리가 너무 아프고 어지러웠다. 어떻게 지켜온 모리인데, 내가 얼마나 힘들게 기른 모리인데.

"선생님 저 혼자 모리 정말 힘들게 키웠어요. 저 모리 정말 사랑했어요. 이렇게 못 보내요."

누구에게 말하는지도 모른 채 울면서 말했다. 아, 모리야 이게 정말 우리의 마지막이야? 이렇게 가면 안 되는 거잖아. 모리랑 함께 행복했던 시간, 힘들었던 시간, 모든 시간이 스쳐 지나갔다. 모리가 죽을 고비를 얼마나 많이 넘겼는데 이렇게 허무하게 내 곁을 떠날 리가 없다. 떠나보내면 안 된다는 생각만 했다. 점점 차갑고 딱딱해지는 모리는 자는 듯 눈을 감고 있었다. 모리를 보내줄 수 없었다.

"모리야 미안해. 모리야 고마워. 모리야 사랑해. 내가 꼭 찾으러 갈 테니 조금만 기다리고 있어."

울면서 모리에게 말하고 또 말했다. 선생님들은 내가 모리와 충분히 이별할 수 있게 기다려 주었다. 장례업체가 나랑 모리를 데리러 오기로 했다.

"연희야 같이 장례식 갈 친구 있어?"

모리가 떠난 시간이 밤 11시, 다음 날 아침 9시에 시험이 있었다. 중요한 시험이라 도저히 친구들을 부를 수가 없었다. 경기도에 계신 부모님이 오실 수도 없었다. 그래서 혼자 가겠다고 했다. 정말 감사하게도 선배들이 장례식장에 같이 가 주었다. 혼자 갔으면 너무 무

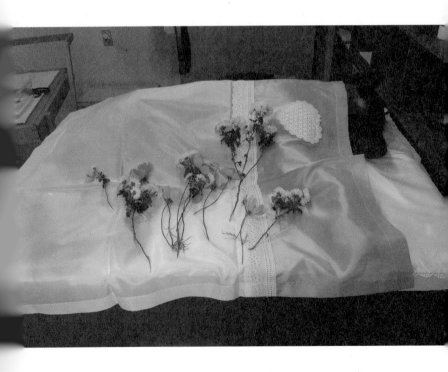

섭고 힘든 길이었을 것 같다. 장례식장은 좋은 곳이었다. 사장님이 대형견을 키우셔서 일부러 모든 것을 크게 만드셨다고 한다. 모리와 다시 인사를 하고, 모리를 다시 껴안았다. 얼굴에 까슬까슬한 털이 느껴졌다.

'살아 있는 것 같아.'

새근새근 배가 오르내리는 것 같은 착각이 들었다. 만져 보니 돌처럼 딱딱하고 차가웠다. 이상하고 무서운데, 더 이상 눈물도 나지 않았다. 모리 귀도 모리 발도 모리 코도 한 번씩 만졌다. 마지막 작별 인사를 하고, 모리는 불 속으로 사라졌다. 엄청 커다랬던 모리가 뼛가루만 남아서 돌아왔다. 아무리 생각해도 우리 모리가 아니라는 생각만 들었다. 가루가 되어 돌아온 모리는 너무 작았다. 너무 가벼웠다. 가벼운 만큼 가슴이 아팠다. 가루가 된 모리의 일부를 스톤(뼛가루를 고온으로 녹인 후 만드는 고형물)으로 만들었다. 해부학 실습 시간에 보는 실습용 뼈 같았다. '타코야끼 굽는 것 같네.' 이 상황에도 그런 어이없는 생각이 났다. 저게 모리라니. 도저히 실감이 나지 않는다.

화장실에 가서 모리의 토사물이 엉겨 붙은 손을 박박 씻었다. 온수가 안 나와서 물이 너무 찼다. 씻어도 씻어도 손톱 밑에 달라붙은 초록색 토사물이 없어지지 않았다. 추워서인지 다른 이유 때문인지 온몸이 벌벌 떨렸다. 작은 돌멩이 같은 스톤과 가루로 돌아온 모리를

안고 집에 도착하니 새벽 5시였다. 죽은 듯이 침대에 엎어졌다가 일
어나 9시에 시험을 쳤다. 시험이고 뭐고 멍했다. 시험이 끝나고 친구
들에게 어젯밤 모리가 죽었다고 알렸다. 나도 친구들도 다 울었다.
절대 울 것 같지 않은 친구까지 모두 우는 걸 보고 기분이 묘했다.

"다음 주에 모리 보러 너희 집 가기로 약속했는데… 어떡해 연희
야…."

그러게 나 어쩌면 좋지. 나 이제 어떻게 살지. 학교는 어떻게 다니지. 일단 1년 휴학해야 하나. 며칠 동안 너무 많이 울어서 이제는 눈물도 나오지 않을 것 같았는데 또 눈물이 나왔다. 집에 돌아가서 자고 또 자고 또 잤다. 자고 일어나니 이상하게도 모리가 없었다. 아, 모리가 없다.

*

모리가 없는 시간

모든 게 내 탓이라는 생각에 너무 괴로웠다. 한순간의 실수로 모리가 세상에서 사라져 버렸다. 이번 일을 겪고 나서 알았다. 견딜 수 없는 일이 닥쳐오면 아무나 잡고 원망하고 싶은 마음이 든다는 것을. 만약 내가 수의대 학생이 아니었다면 나는 병원을 원망했을지 모른다. 그런데 나는 곁에서 수술과 처치 등 모든 과정을 지켜봤다. 존경하는 의료진들이 최선을 다했고 그 과정에서 어떠한 부족함도 없었다는 것을 안다. 그래서 누구의 탓도 할 수 없었고 분노의 화살이 나를 향할 수밖에 없었다. 자책하는 나를 주변 사람들이 많이 위로해 주었다. "그 정도면 충분히 할 만큼 했어. 모리도 행복했을 거야." "네 덕분에 모리가 그만큼이라도 산 거야." 하지만 누가 어떤 위로를 해 주어도 나를 향한 원망의 감정은 쉽게 사그라들지 않았다.

모리에게 너무 미안했다. 모리야, 너무 미안해. 내가 더 조심했어야 했는데, 더 일찍 병원에 갔어야 했는데, 네가 아픈 걸 더 일찍 눈치챘어야 했는데, 더 열심히 집을 청소했어야 했는데, 튼튼한 장난감만 사줬어야 했는데, 이식증 치료를 받게 해 줬어야 했는데, 다 내 잘못이다. 과거로 돌아갈 수 있으면 좋을 텐데, 이게 우리의 운명인 걸까? 우리의 인연이 여기까지인 거야? 시간만 나면 타임머신을 타고 과거로 돌아가는 상상을 한다. 과거로 돌아가면 어떤 것부터 해야 할지, 부질없이 고민하고 또 고민한다. 후회를 해봐도 소용이 없다. 모리는 내 곁에 없으니.

모리가 떠난 다음 날 잠을 잘 수 없어 가만히 천장만 보고 누워 있다가 새벽 네 시에 홀린 듯 일어나 잠옷 위에 겉옷만 챙겨 입고 모리가 지내던 병원을 찾아갔다. 병원에 간다고 모리가 있는 것도 아닌데 왜 그랬는지 모르겠다. 병원에는 당연히 모리가 없었다. 텅 빈 병원 주변을 한참 동안 서성이며 울었다. 모리가 정말 이 세상에 없다는 걸 어떻게든 확인하고 싶었던 것 같다. 집에 오는 길이 무서웠다. 늘 모리랑 산책하던 길인데 모리 없이 나 혼자 길을 걸었다. 모리랑 오면 한참 걸리던 길이 나 혼자 걸으니 금방이었다. 한 걸음 한 걸음이 괴로웠다. 여기는 모리가 냄새 맡던 곳이고 여기는 뛰던 곳이고, 모리와의 기억이 떠올라 괴로워서 차라리 길을 잃고 싶었다.

며칠간은 모리의 부재를 인정할 수 없었다. 고개를 돌리면 있을 것 같은 모리가 없다. 모리가 없는 걸 아는데도 모리 이름을 자꾸 불러보게 된다. 당연히 아무 대답이 없고 나는 침대와 함께 아래로 가라앉는 것 같다. "모리야 어디 있어, 빨리 와!" 하고 불렀는데 이어지는 정적에 울게 된다. 우리 집이 이렇게 조용한 줄 처음 알았다. 난생처음 제습기 소리가 너무 시끄러워서 잠을 잘 수 없었고, 집을 청소하지 않아도 새집처럼 깨끗했다. 바닥에 털이 굴러다니지도 않고 모리가 던져놓은 장난감도 없다. 똥 치울 일도, 산책하러 나갈 일도 없다. 할 일이 단번에 없어져 버렸다. 모리가 없는 공기가 낯설다.

부모님은 이런 내가 많이 걱정되셨나 보다. 엄마가 일주일 정도 나를 돌봐주러 오셨다. 엄마랑 함께 모리 용품을 정리했다. 혼자라면 도저히 정리할 수 없었을 거다. 엄마가 더 쓸 수 있는 것과 개봉하지 않은 사료랑 간식은 모아두고, 이불, 인형 등 남에게 줄 수 없는 용품들은 쓰레기봉투에 버렸다. 한 푼이라도 아껴보겠다고 개고생하면서 모아온 사료랑 간식들이 참 덧없다.

'내가 저 사료를 들고 오려고 얼마나 개고생을 했는데.'

'간식도 아끼지 말고 팍팍 많이 줄걸.'

모든 게 후회였다.

코딱지만 한 자취방에서 나온 모리 물건이 200리터였다. 이렇게 짐이 많을 줄 몰랐는데 모리 짐이 다 빠지고 나니 집이 텅텅 비어 버렸다. 모리 냄새가 남아 있는 이불은 꼭 간직하고 싶었는데 자고 일어나니 없었다.

"엄마, 모리 이불 어디 있어?"

"쓰레기봉투에 담아서 내놨지."

내가 생각해도 이식증이 있는 모리가 갈기갈기 찢어 놓은 이불은
더 이상 덮을 수도 둘 곳도 없다. 그런데 버리고 싶지 않았다. 이미
내놓은 100리터짜리 쓰레기봉투를 방까지 질질 끌고 왔다. 이불 조
각이라도 간직하기로 엄마와 합의했다. 너무너무 그리울 때는 모리
냄새라도 맡고 싶어서. 모리 털도 모았다. 모리가 있었다는 흔적을
어떻게든 남기고 싶었다.

*

꿈속에서 나는 모리를 업고 병원을 향해 모험한다

모리가 죽고 나서 일주일 후 적금 만기가 되었다는 문자가 왔다.
모리가 갑자기 아플 때 병원비로 쓰려고 적금을 부었다. 부모님께
용돈도 받지 않고 사는 내가 허리띠를 졸라매고, 방학 때면 모리를
집에 떼어놓고 알바를 다섯 개씩 하면서 부은 적금이다. 모리가 죽
고 나서 만기가 되다니. 만기 문자를 보는데 화가 치밀었다. 일하러
나가지 말고 그 시간에 모리랑 같이 있어 줄걸…. 이 돈으로 맛있는
거나 많이 사주고, 장난감도 사주고 할걸, 후회뿐이다.

모아둔 적금은 모리 병원비 잔금과 장례비를 치르는 데 썼다. 꽤 많은 돈이 들었는데 그러고도 백만 원이 넘게 남았다. 모리가 남기고 간 유산처럼 느껴졌다. 이 돈을 어디에 써야 할지 고민이 되었다. 의미 없는 곳에 아무렇게나 써 버리고 싶진 않았다. 이 돈을 쓸 자신이 없어서 기부해야 할까 고민을 했다. 친구가 모리가 쓰라고 할 것 같은 일에 써 보면 어떠냐고 제안했다. 이 돈을 어떻게 써야 할지 계속 생각해 보고 싶다.

선배가 유기동물 보호소에서 봉사활동을 하면 펫로스 증후군을 이기는 데 도움이 된다고 했다. 모리를 데리고 온 뒤로 내 앞가림하기도 바빠서 봉사를 가지 못했다. 모리 용품도 기부할 겸, 동물복지 동아리 부원들과 함께 봉사를 갔다. 가면 다른 개들을 보면서 그리움이 조금 가실까 싶었는데 그런 마음과 다르게 모리가 더 많이 보고 싶었다. 개를 정말 좋아하는 내가 다른 개들이 전혀 예쁘지 않았다. 스쳐 지나가는 개가 '엑스트라1'처럼 보일 뿐 모리처럼 멀리서도 빛나지 않았다. 갓 태어난 새끼 강아지들을 하나씩 들고 귀엽다고 난리인데도 나는 모리가 더 귀엽다고 생각했다. 세상에 정말 많은 개가 있지만 우리 모리만 한 개는 없다고 생각했다. 수많은 개들 속에서 나는 모리만 찾고 있었다. 그러면서 모리가 이 세상에 없다는 것도 다시 깨닫고 있었다.

"소장님, 혹시 대형견 켄넬 필요하세요?"

"어휴, 저희야 없어서 문제죠, 저희가 트럭으로 실으러 갈 테니 전화하면 나오세요."

집에 남은 개 용품과 켄넬을 실은 트럭이 떠나는 모습을 보면서 오랜 친구가 떠나가는 듯 아쉽고 마음이 허했다. 커다란 켄넬까지 빠져나가자 우리 집은 새집처럼 텅 비었다. 남의 집 같았다. 도저히 그걸 바라볼 수 없어서 잠 속으로 회피했다. 자고 또 자고, 또 잤다. 일어나면 모리가 늘 앉아 있던 자리에서 나를 보고 있을 것만 같았다.

야속하게도 모리는 꿈에 나타나지 않았다. 꿈에서라도 만나고 싶었는데 그것조차도 불가능하니 속상했다. 어느 날은 악몽을 꿨다. 꿈에 모리가 나왔다. 모리의 장례를 치를 수 없어 베란다에 모리의 시신을 뒀는데 며칠이 지나고 죽은 줄 알았던 모리가 살아 움직였다. 무거운 모리를 안고 병원에 가는데, 병원에 가는 길이 너무나 멀고 험난했다. 제발 좀 도와달라고 소리치며 우는데 이상하게도 다들 별일 아니라는 듯 무시하고 가 버렸다. 꿈속에서 나는 모리를 업고 병원을 향해 모험한다. 결국 온갖 방해를 이겨내고 병원에 모리를 입원시켰다. 모리가 잘 회복되었는지는 알지 못한 채 잠에서 깨 버렸다. 꿈속의 모리가 잘 회복되었는지 알 수 없었다. 어차피 현실도 아닌데 꿈에서라도 행복한 모습, 건강한 모습 보여 주지…. 야속했다.

충분히 모리의 죽음을 애도할 시간이 필요했는데 현실적으로 불가능했다. 기말고사 기간이라서 시험공부를 해야 했고, 수업에 출석을 해야 했고, 조별 과제를 하고 실습을 나가야 했다. '모리 없이 내가 학교에 다닐 수 있을까?' 진지하게 고민해 봤으나 휴학할 용기가 없었다. 유급당하지 않기 위해서, 살기 위해서 나는 모리를 잠시 잊고 공부를 했다. 다행히도, 나는 한 학기를 무사히 마쳤다. 눈코 뜰 새 없이 바빠서 무너질 시간도 없었던 것 같다.

모리를 잃고 슬퍼하는 나를 엄마가 위로해 주었다. "엄마는 솔직히 모리가 오랫동안 아프지 않고 빨리 떠나 줘서 고마워. 우리 딸 고생 안 시켜서." 그렇게 모리와 하루라도 더 시간을 보내고 싶지만 모리가 오랫동안 고통받으며 삶을 연장했다면 나도 모리도 너무 괴로웠을 것 같다. 아프지 않고 떠난 걸 다행이라고 생각해야 하는 걸까? 모리는 이별할 시간도 주지 않고 갑자기 정말 갑자기 떠나 버렸다. 교수님께 감사 인사를 드리려고 찾아갔다가 교수님의 위로에 또 울고 말았다.

"사랑을 많이 받은 개들은 오랫동안 아프지 않고 갑자기 하늘나라에 가더라고. 모리가 너를 많이 사랑했나 봐, 연희야."

위로하려고 하신 말씀인데 울지 않을 수 없었다. 모리가 정말 나를 사랑해서 일찍 떠났다면 너무 미안할 것 같다. 내가 힘들어하는 걸 알고 모리가 나를 배려해 준 걸까? 난 그런 배려 필요 없는데⋯. 모리가 내게 기회를 준 만큼 더 열심히 살아야겠다. 모리를 다시 만

낳을 때 부끄럽지 않도록.

*

강아지 천국의 시간은 느리게 흐른다

모리가 떠나고 성당에 다니는 언니한테 부탁을 했다.

"내가 너무 힘들어서 그러는데 혹시 나도 성당 한 번 같이 가 봐도 될까?"

"그래. 같이 가자."

찬송가가 울려퍼지는 작은 성당의 나무 의자에 앉아 나는 눈물을 흘렸다.

'하나님 모리가 좋은 곳으로 가게 해 주세요. 모리가 행복하게 해 주세요.'

그런 나를 지켜보던 언니도 울기 시작했다. 그렇게 우리는 예배 시간이 끝날 때까지 계속 울었다. 내가 울어도 아무도 이상하게 보지 않아서 좋았다.

고민하다가 정신과를 찾아갔다. 의사 선생님과 상담을 했다.

"말씀 들어보면 연희 씨가 되게 과학적이고 이성적인 사람인데요, 이런 분들이 죽음을 잘 납득을 못하세요. 그렇게 생각하시지 말고 비과학적일지는 몰라도 그냥 인간이 어떻게 할 수 없는 영역이 있다는 걸 믿으셔야 해요. 신적인 영역 있잖아요. 좋은 곳으로 갔다. 그렇게 생각해 보세요."

"네, 그럴게요."

그렇게 나는 모리가 어딘가에서 잘 지낼 거라고 믿기로 했다. 하늘나라에서 친구들과 잘 지낼 거라고, 좋아하는 것만 먹고 좋아하는 것만 하면서 행복할 거라고 그렇게 믿기로 했다. 그런데 걱정이 앞섰다. 우리 모리는 사교성도 없는데, 다른 개 친구한테 얻어맞기라도 하면 어쩌지, 안 그래도 다리 하나 없어서 무시만 당했는데, 우리 모리는 나만 졸졸 쫓아다녔는데 내가 없어서 울고 있으면 어쩌나, 모리는 산책할 때 목줄을 풀어 줘도 몇 발짝 못 가서 뒤를 돌아보는 아인데… 그런 생각만 하면 마음이 아프고 불안했다. 그러다가 친한 선배에게 이 고민을 털어놓았다.

"내가 생각해 봤는데 천국의 시간은 우리 세상이랑 시간이 다르게 갈 것 같아. 그러니까 그곳에서는 찰나의 시간이 너에게는 평생의 시간인 거지. 그렇게 생각해."

개의 시간이 사람의 시간보다 빨리 흐르듯이 천국의 시간도 인간의 시간과는 다르다고 생각하자. 듣고 나니 마음이 편해졌다. 모리가 오지 않는 나를 현관문 앞에서 기다린 것처럼, 나도 평생 모리를 기다리려고 한다. 그곳이 너무 재미있어서 모리가 나를 잊어도, 다시 만났을 때 못 알아보고 지나쳐도 좋으니까 행복하게, 철없이 지내면 좋겠다. 모리가 너무 즐거워서 잠시 나를 잊고 놀다가 내가 생각 나려고 할 때쯤에 모리 앞에 나타나고 싶다. "모리야, 많이 기다렸지." 하고 불러보고 싶다.

*

그런데, 모리 잘 지내?

모리가 떠난 지 세 달이 지났다. 이제는 모리가 있었다는 사실조차 꿈처럼 느껴지기도 한다. 모리 사진을 보는 데 큰 용기가 필요했다. 몇 번이고 보려고 했지만 너무 힘들어서 그만뒀다. 모리랑 같은 품종인 저먼셰퍼드 사진도 마찬가지였다. 아직도 못 보겠다. 모리랑 매일 사진을 찍은 건 정말 잘한 선택인 것 같다. 사진을 보면 그때의 추억이 생생하게 떠오른다. 모리가 내 다리를 쓸고 가는 느낌, 털의 감촉, 그날의 날씨와 냄새도 다 기억나는데 모리만 없다. 참 이상하다.

"그런데, 모리 잘 지내?"

모리가 떠나간 뒤 이런 질문을 들을 때마다 나는 더없이 깊은 물속으로 서서히 잠기는 기분이다. 가슴이 먹먹하고 목이 잠긴다. 뭐라고 해야 할지 참 난감하다. "모리 죽었어."라고 하기도 싫고 "모리 잘 지내." 하고 거짓말하기도 싫다. 나는 그래서 그냥 답변을 피하고, 질문을 할 만한 사람도 피한다. 한마디만 더 하면 바로 눈물이 방울방울 떨어질 것 같아서 사람을 만나지 않았다. 분위기를 망치고 싶지 않은데 말하는 순간 내 마음이 너무 아프다. 그런 과정을 몇 번 거치고 위로를 받으면서 그제서야 나는 "모리 몇 달 전에 죽었어요. 하하." 하고 울지 않고 말할 수 있게 되었다. 모리는 이제 없다. 언제 말해도 참 낯선 말이다. 언제 말해도 마음이 찢어진다.

집주인 아저씨가 집세가 연체되었다며 전화를 했다. 깜빡하고 있었다. 죄송하다는 말과 함께 "저희 집 개가 죽어서 이제 조금 조용할 거예요, 하하. 이제 걱정 안 하셔도 돼요." 하고 말을 꺼냈다. "아이고 이를 어째, 힘들게 키우더니만. 학생 힘들어도 극단적인 생각하면 안 돼요." 이 말을 듣는데 나도 모르게 웃음이 나왔다. 내가 무슨 극단적인 생각을 한단 말인가. 전화를 끊고 집을 돌아보는데 모리가 없어서 이상했다. 아, 모리 없지. 아직도 모리가 없는 이 집이 낯설다.

모리가 떠나고 나서 나는 조금 더 가벼워졌다. 말 그대로 살도 빠졌지만, 내가 느끼던 중압감과 책임감도, 나의 영혼도, 정신력도 가벼워졌다. 모리가 없는 삶은 솔직히 말하자면 그전보다 편하다. 보살펴야 하는 생명이 하나 없어졌다는 건 27킬로그램의 체중을 감량한 것처럼 가벼워지는 느낌이다. 하지만 그와 동시에 나의 소중한 무엇인가를 영원히 잃어버린 듯한 허무함도 든다. 한없이 가벼워지고 얄팍해지는 기분이다. 바람만 불어도 흔들려서 뿌리째 뽑힐 것

같다. 나는 요즘 아무 이유도 없이 눈물을 흘리고는 한다. 모리가 존재했다는 것이 마치 꿈꾼 것처럼 느껴지기도 한다. 모든 것들이 후회되었다. "많이 안아줄걸. 더 사랑해 줄걸. 장난감도 많이 사줄걸." 후회해도 소용없는 일이다.

*

네가 없어도 난 항상 네 생각을 해

모리가 떠난 지 한참 되었는데도 모리는 매일 내 일상의 일부가 된다. 내 삶의 너무 많은 부분에 모리가 끼어 있다. 그게 슬프기도 하지만 모리를 추억할 수 있어서 다행이기도 하다. 아직도 옷에서는 가끔 모리 털이 나온다. 버릴 수가 없어서 나는 그 털을 한 가닥 한 가닥 모아 모리 뼛가루로 만든 스톤 사이에 떨어트린다. 이제는 개를 키우지 않는데 휴대전화를 켜면 온갖 개 용품 광고가 뜬다. 이제 나에게는 필요 없는 물건들이지만 유심히 보게 된다. 이래서 습관이 무서운 건가 보다.

마트에 가면 나도 모르게 개 용품 코너로 발길이 가고, 시장에서 개 방석을 보면 나도 모르게 눈길이 간다. 모두 다 모리를 생각나게 한다.

모리가 떠난 뒤 나는 그렇게도 바라던 실습을 하게 되었다. 거짓말 안 하고 솔직히 실습해서 좋았다. 모리가 날 위해 준 기회 같아서 고맙기도 했다. 그런데 실습하면서 중간중간 계속 모리 생각이 났다. 보호자가 개를 데려오면 부러웠다.

'나도 개 있었는데, 저 사람들처럼 한 번만이라도 모리랑 같이 병원에 올 수 있다면 얼마나 좋을까.'

내색하지 않으려고 노력하지만 속으로는 마음이 찢어지는 것 같다. 모리와 비슷하게 공격성이 있는 개가 오면 더 모리 생각이 난다. 모리가 보고 싶고, 모리랑 같이 고생한 기억이 떠오른다. 힘들어하는 보호자들을 보면 마치 과거의 나 같다. 얼마나 힘들지 짐작이 간다. 찡그린 미간에서 힘듦이 뚝뚝 떨어지는 듯하다.

"저희 개는 훨씬 심했거든요, 그래도 나아질 수 있어요. 저희 개도 괜찮아졌어요. 그러니까 힘내세요."

이렇게 응원하고 싶지만 말하지 않았다. 우리 모리는 이 세상에 없기 때문에.

가끔 보호자가 "우리 개 몇 살인지 맞혀 보세요!" 하고 물어볼 때가 있다. 일부러 어리게 답하면 "우리 애기 사실 나이 많은데 동안이죠?"라고 자랑하는 모습이 부럽고 부럽다. 우리 모리는 왜 오래 살지 못했던 걸까? 내가 많이 부족한 보호자였기 때문이겠지? 모리입 주변에 흰 털이 한두 가닥씩 자라는 걸 보고 마음이 아플 때도 있었다. 완전히 하얗게 세어 버리면 어쩌나 걱정이었는데 그 모습은 영원히 볼 수 없게 되었다. 늙어 버린 모리의 모습을 볼 수 없어서, 같이 나이 들어갈 수 없어서 그게 슬프다. 이 마음이 언제 단단해질지 모르겠다.

가끔 너무 슬퍼서 진료 중에 눈물이 나기도 한다. 입원을 해야 해서 보호자와 어쩔 수 없이 헤어져야 하는 상황에 놓인 개를 보고 모리가 떠올라서 그랬다. 보호자도 애써 눈물을 참는데 내가 도저히 참을 수 없어서 화장실에서 눈물을 흘리고, 진정한 후 진료실로 들어갔다가 결국 보호자 앞에서 눈물을 보이기도 했다. 멋진 수의사가 되려면 냉철함도 필요하다. 보호자 앞에서 우는 수의사는 되고 싶지 않지만 울지 않으려면 노력이 정말 많이 필요할 것 같다.

가끔은 모리가 없는데도 행복한 순간이 온다. 그렇지만 그와 동시에 모리가 없다는 사실에 불행하기도 하다. 하루에도 몇 번씩 마음이 오락가락한다. 행복할 때는 잠깐 아차 싶은 생각도 든다. 행복해서 미안한 마음. 모리가 없어서 나는 실습도 갈 수 있었고, 방학을 가족과 함께 보낼 수 있다. 기회를 준 모리에게 고마운데 그 생각마저도 미안하다. 할머니가 그랬다. 모리에게 미안하다고 계속 생각하다 보면 모리도 좋은 곳으로 못 간다고. 엄마도 그랬다. 모리가 너 생각만 하며 괴로워하면 어떨 것 같냐고.

"그러면 안 돼, 모리는 나 잊고 행복해야지."

"모리도 그렇게 생각할 거야, 연희야. 네가 행복해야 모리도 기쁘지."

할 말이 없었다. 우리 착한 모리는 내가 행복하길 바라고 있을까? 많이 미안해하고 그리워하고 사랑하되 괴로워하지는 말자고 다짐했다. 잊지는 말되 아프지는 말자고. 대신 모리를 위해 많이 돕고 많이 노력하고 많은 사랑을 나눠 주자고. 모리가 사람들의 기억 속에서 영원히 살아갈 수 있도록 모리를 추억하고 싶다.

*

너를 옆에 앉히고 무거운 마음으로 공부를 한다

모리가 떠난 지 1년이 되었다. 벌써 1년. 모리에 대한 기억들은 생각지도 못하게 나를 찾아온다.

"신발 샀네? 나도 이 신발 있는데. 색깔만 다르네. 내 건 흰색이랑 보라색 섞인 거거든."

"담에 한 번 신고 와 봐."

아, 맞다. 그 신발 모리가 물어뜯었지. 그래서 버렸지. 이렇게 너에 대한 기억들은 준비할 시간도 주지 않고 나를 불쑥 찾아와 작은 생채기 같은 것들을 남기고 급하게 사라져 버린다.

교실에 앉아 교수님 강의를 들을 때도 눈물을 참는 일이 많다. 수의대생이니까 개에 대해서 공부를 계속할 수밖에 없는데 그럴 때마다 모리에 대한 기억은 또 나를 찾아온다. 과신전, 고관절탈구, 잠복고환, 감돈포경, 칼슘옥살레이트 결석, 말라세치아, 장문합술, 공격성, 이식증, 이물, 복수, 신경증상, 항생제, 셉틱 쇼크, 교과서 속 저먼셰퍼드 사진들. 그런 것들. 달궈진 단어가 내 가슴을 뚫고 지나가는 것같이 속이 뜨거워지고 마음이 쿵 내려앉는다. 얼마나 시간이 지나면 나는 울지 않게 될까? 눈물이 핑 돈 채로 그 기억들을 헤집고 또 헤집다 보면 늘 똑같은 결론이 난다.

"모리야 미안해."

어쩔 수 없다. 네가 없더라도 나는 어찌어찌 살아가야 하고, 괴롭다고 해서 공부를 때려칠 수도 없으니, 나는 마음속으로 너를 옆에 앉히고 무거운 마음으로 공부를 한다. 내가 진짜 열심히 공부할게. 내가 진짜 좋은 수의사가 될게 하고 모리에게 약속한다.

나는 모르는 사람을 만날 때마다 꼭 모리 얘기를 한다.

"대형견 왔네요. 제가 대형견을 진짜 좋아해요. 저희 애가 대형견이어서요."

"저희 개도 털이 진짜 많이 빠져요. 맞아요, 진짜 스트레스잖아요."

"아, 우리 개도 여기 데려와서 이거 시켜 주고 싶은데… 가격이 얼마 정도 해요?"

"저희 개도 여기 아팠었는데, 그때 진짜 고생했어요."

"맞아요. 진짜 속상하셨죠? 저도 저희 개 때문에 얼마나 마음이 아팠는데요."

나는 자꾸 모리가 살아 있는 듯 말하게 된다. 그러다가 결국은 모리가 죽었음을 밝히게 되는데 그럴 때마다 분위기가 싸해진다. 나는 그렇게 또 분위기를 망치고도 모리 얘기를 또 하고 또 하고 또 한다. 주변 사람들이 어떻게 생각할까. 저런 말을 왜 하지 싶을까, 왜 죽은 애를 살아 있는 척 말해, 오싹하게. 이런 생각을 할까. 그런데 어쩔 수가 없다. 내 안에는 아직도 모리가 너무 많아서. 앞으로도 평생 이렇게 살 것 같다는 느낌이 온다. 그래도 그게 싫지는 않다. 오히려 다행이다. 나는 너를 절대 잊고 싶지 않거든.

*

나만 슬퍼할 테니까 너는 내 생각하지 말고 마냥 철없이 지내

모리야 너의 묵직함이 그립다. 새벽에 깨면 내 등에 등을 마주하고 자곤 했잖아. 잠결에 척추를 따라 느껴지던 네가 그립다. 네가 내 무릎에 턱을 괴면 무겁다고 타박하면서도 마음속으로는 늘 네가 와서 무릎에 기대 주길 기다리고 있었어. 뭔가 바라는 게 있을 때 축축한 코로 쿡쿡 찌르던 것도 그리워. 차가운 코도 뜨거운 코도 그리워. 네가 추운지 더운지 나는 한번에 알지. 손바닥으로 네 귀를

쥐는 그 기분이 그립다. 이 닦는 것도, 소형견용 발톱깎이로 네 두꺼운 발톱을 힘겹게 한 개씩 자르는 것도 싫다던 너. 너를 달래가며 항문낭 짜던 것도 귀찮던 일들도 다 그립다. 외출하고 오면 항상 난장판이 된 집을 치우는 게 일과였는데 지금은 집에 돌아오면 나가기 전과 똑같아서 그게 슬퍼. 청소기로 바닥을 밀어도 아무것도 나오지 않는다. 굴러다니던 네 털 뭉치조차 그리워. 털을 반대 방향으로 쓸었을 때 포슬포슬 날리는 그 기분도 이제는 느낄 수가 없어.

네가 없어서 나는 요즘 지각을 해. 아침 알바를 자꾸 늦어서 눈치가 보인다. 알람이 울리면 네가 자꾸 짖어서 벌떡 일어났잖아. 이제 나는 너 없이 깰 수가 없는데 이제 누가 나를 깨워 주지? 내가 조금이라도 울면 넌 큰일이라도 난 듯이 나보다 더 서럽게 '아우우~' 울곤 했잖아. 소리 없이 몰래 울었는데도 울지 말라고 내 얼굴을 사정없이 후려치고 말이야. 네가 소리소리 지르는 걸 막느라 눈물이 쏙 들어가곤 했는데 이제는 말리는 이도 없어서 나는 몇 시간이고 계속 울 수 있게 되었어. 그전에는 아무리 울고 싶어도 울 수가 없었는데 이제야 원 없이 울게 되었어. 네가 나를 본다면 많이 속상할까?

휘파람을 불면 갸웃하고 얼굴을 기울이던 게 너무 귀여워서 나는 네 앞에서 일부러 휘파람을 더 불곤 했어. 털이 옷 깊숙이 박혀서 콕콕 찌르는 일도 이제는 없어. 너랑 함께하는 매 순간순간이 얼마나 소중했는지 점점 알아가는 듯해. 친구 개를 만지고 손에 남은 개 냄

새가 얼마나 반가웠는지 몰라. 이제 나는 셰퍼드를 잘 못 보겠어. 보면 네가 생각나. 사진만 봐도 눈물이 날 것 같아서 못 보겠더라고. 너랑 산책하던 산책로를 못 가겠어. 마음이 아파서 안 가게 돼. 귀찮으면서도 매일 가던 게 습관이 되었는지 나도 모르게 자꾸 산책길 생각을 해. 너도 없는데.

모리야 너는 내가 그립니? 나는 네가 나를 그리워하지 않았으면 좋겠어. 나는 네 생각만 하면 목에 돌덩이가 얹힌 듯 목이 메고 눈물이 찔끔 고여. 참 괴로운 감정이야. 그래서 너는 안 슬펐으면 좋겠어. 나만 슬퍼할 테니까 너는 내 생각하지 말고 마냥 철없이 지내. 나 까먹어도 돼. 다시 만났을 때 못 알아보고 지나쳐도 돼. 그래도 나는 너 잊지 않을게. 너는 잘 놀고 있어야 해. 절대 울지 말고.

사랑하는 모리야, 오늘도 나는 네가 너무너무 보고 싶어. 너의 똥조차도, 모든 것이 그리워. 잘 지내 모리야, 아주 많이 사랑해. 기다리면 만나게 될 거야.

'특별한 도움이 필요한 개'일 뿐입니다

김선아(미국 코넬대학교 동물행동의학과 교수)

모리는 아끼던 환자였다. 그리고 이 책의 저자인 이연희 수의사는 내가 진심으로 아끼고 응원하는 멘티다. 모리를 처음 만났을 때 모리와 이연희 수의사가 내게 더 특별하게 다가왔던 건 아마도 나와 비슷한 부분이 있었기 때문일 것이다.

반려동물을 많이 키워 본 사람이라도 나와 더 특별하게 관계를 맺게 되는 진한 인연이 있다. 나에게는 '비아'가 그런 아이였다. 비아도 모리처럼 선천적 기형을 가지고 태어나 대학 부속 동물병원에 안락사를 해달라고 남겨진 아이였다. 태어난 지 한 달 반밖에 안 된, 한 손 안에 들어올 정도로 아주 작은 슈나우저 강아지로 위아래가 납작하게 눌린 게 마치 거북

이 같았다. 비아는 아예 일어서지도 못했고, 뒷다리는 모리의 뒷다리처럼 '과신전'이 되어 굽혀지지도 않았다. 몸무게가 850그램밖에 나가지 않을 정도로 작아도 너무 작아서 안락사를 위한 혈관주사를 놓기도 어려웠다. 그것을 옆에서 애처로운 눈으로 바라보던 학부생이던 내가 임시보호를 하겠다고 했고, 그 후 내 동생이 되었다.

비아는 나의 가장 사랑하는 동생이지만 참 손이 많이 가는 아이였다. 작은 강아지 비아는 일어서지도 못해 엎드려 있는 상태에서 그대로 배변, 배뇨를 하는 바람에 하루에도 수없이 닦고 말리고 베이비파우더 발라 주기를 반복해야 했다. 가장 중요한 건 관절이 완전히 굳지 않도록, 좀 더 정상적인 관절로 돌아올 수 있도록 하루에도 몇 번씩 손으로 만지며 물리치료를 해 줘야 했다. 오랜 시간 혼자 둘 수 없어서 가족들이 돌아가며 비아를 돌봤다.

비아도 모리처럼 병치레가 잦았다. 신장에는 칼슘옥살레이트 결석이 있었고, 종종 근골격계 통증에도 시달렸고, 이식증이라는 섭식장애도 있었다. 먹으면 안 되는 것들을 먹어서 이물 제거 내시경 수술을 받느라 병원 신세를 지면서 가족들을 여러 번 놀라게 했다. 비아는 항상 우리 가족을 미소 짓게 했지만, 가끔 눈물도 흘리게 했다.

비아를 처음 만난 게 20년도 넘었다. 교수님과 수의사들도 비아의 진단명을 모르던 시절이었다. 학부생이던 나는 교과서와 논문을 뒤져서 비아의 진단명을 찾았다. 수영하는강아지증후군Swimming Puppy Syndrome 또는 납작강아지증후군Flat Puppy Syndrome이라고 부르는 선천적 기형장애였다. 이 경우는 집에서 환경적으로 살기 편하게 도와주고, 물리치료를 하는 것밖에 방법이 없었다. 그래서 집에서 열심히 관리하고 물리치료를 한 결과 건강한 비아가 되었다. 이후 통증 문제가 간헐적으로 나타나기는 했지만 완전히 좋아져서 '신체적'으로는 거의 정상 생활이 가능해졌다.

비아가 스스로 서서 걷기 시작했을 때 '납작이'라는 아명을 비아로 개명했다. 비아via는 라틴어로 '길'이라는 뜻이다. 실험동물을 보거나 환자의 피를 보면 기절을 해서 수의학과를 계속 다녀야 하나 고민하던 수의학도인 내게 길을 제시한 소중한 인연이었다.

그리고 나는 비아가 받았던 치료법을 졸업논문으로 써서 수의학과를 졸업해 수의사가 되었고, 이후 세계적인 학술지 《캐나다수의학저널THE CANADIAN VETERINARY JOURNAL》에 발표해서 비아의 사진을 학술지에 영원히 남겼다.* 비아는 16

---

* Kim S. A., et al., "Home-care treatment of swimmer syndrome in a miniature schnauzer dog", *Can Vet J La Revue Veterinaire Can*, 2013;54(9): 869-872.

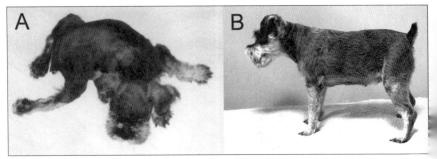

Figure 1. Swimmer puppy. A – Before treatment – note the outward projection of the hind limbs, the flat thorax, and the rough hair coat. B – After treatment – note the resemblance to a normal puppy.

살까지 행복하게 살았고, 가족에게도 사랑을 나눠 주었다. 지금도 비아는 내게 어제보다 더 좋은 수의사가 되도록 하는 동기부여이고, 아직도 나의 길을 밝혀주는 동생이다. 이렇게 비아는 내게 가장 좋은 선생님이 되어 주었다. 모리와 이연희 수의사를 보면서도 그런 생각을 했다. 모리를 반려하는 것이 쉽지 않겠지만, 정말 어렵겠지만, 모리는 이연희 수의사를 특별하고 훌륭한 수의사로 성장시키겠구나 생각했다. 그래서 나는 그들의 팬이 되었다.

장애견 모리. 모리는 장애를 가진 개다. 장애disability라는 단어의 사전적 정의는 '신체 기관이 본래의 제 기능을 하지 못하거나 정신 능력이 원활하지 못한 상태'를 뜻한다. 그런 맥락에서 보면 동물행동의학 전문가인 내가 만나는 환자들은 대부분 장애를 가지고 있다. 하지만 나는 장애라는 말을 자주 쓰지 않는다. 장애라는 단어 대신 '특별한 요구special needs'라는 단어를 선호한다. 영어로 '장애견a dog with disability'이라는 단어 대신에 '특별한 요구를 지닌 개a dog with special needs'라고 부르는 것을 좋아한다. 그래서 그냥 '특별한 도움이 필요한 개'라고 부르는 편이다. 모리와 비아도 특별한 도움이 필요한 개들이었다. 이런 아이들 중에는 모리처럼 행동학적 문제도 함께 보이는 경우가 있다.

신체적 장애가 있는 경우는 눈에 띄는 문제이니, 오히려 더 안쓰럽게 여기며 비교적 너그럽게 대해 주는 사람들이 많다. 하지만 '공격성'과 같은 정서적 장애가 있는 경우에는 사람들이 불쌍하게 보지 않는다. 오히려 문제견이라고 부른다. 그리고 개를 잘못 키워서 그렇다며 보호자들을 비난하기도 한다.

모리는 신체적 장애뿐만 아니라 정서적 장애도 있었다. 공격성을 보이는 개였다. 공격성은 가장 흔한 문제행동 중 하나다. 공격성의 원인은 아주 다양하다. 대부분의 경우 원인은 모리처럼 불안과 두려움 그리고 통증과 관련이 있다. 이런 경우에는 더 노출시킨다고 도움이 되지 않는다. 오히려 역효과가 날 수도 있다. 모리에게 추천했던 치료법처럼, 오히려 피할 것은 피하면서 약물치료를 통해서 불안과 통증을 완화시키고, 그리고 다시 노출될 준비가 되었을 때 천천히 안전하게 긍정적 경험으로 노출시키는 것이 효과적이다. 모리는 이식증도 보였다. 이식증 역시 '섭식장애'의 한 가지로 질병이다. 이런 질병에는 교육(훈련)보다 치료가 도움이 된다.

내가 아는 신부님은 평생 장애인 복지를 위해 일하고 계시다. 신부님을 통해 우리나라에서 장애를 가진 사람이 살기가 얼마나 힘든지 이야기를 듣는다. 동물과 사람을 비교할 수는 없지만 장애를 가진 동물을 키우는 것도 정말 힘든 일이다. 어디서 누구에게 도움을 청하고 도움을 받아야 할지 알기가 어렵다. 이럴 때 가장 좋은 길잡이는 주치의다. 사람이 아프면 먼저 동네 주치의를 찾는 것처럼. 동네 주치의는 아이의 상태를 가장 가까이에서 자주 살펴줄 수 있는 협력자가 될 수 있다. 주치의와 상의하면서 수의학적 도움이 더 필요하다고 판단되면 한 분야만 전문적으로 진료하는 전문의가 있는 병원을 찾아 도움을 받기도 해야 한다.

나는 '특별한 도움이 필요한 개'를 소중하게 생각하는 수의사다. 하지만 그보다 그들의 보호자를 먼저 생각하는 수의사다. 왜냐하면 이연희 수의사의 글에서 묻어나는 것처럼 그들의 힘든 시간을 너무나 잘 알기 때문이다. 그리고 그 보호자들이 잘못 키워서가 아니라, 오히려 보호자들이 최선을 다했기 때문에 그나마 아이들이 이만큼 잘 살 수 있는 것을 알기 때문이다.

부디 이연희 수의사의 글이 많은 분들께 위로와 응원이 되기를 바란다. 그리고 특별한 도움이 필요한 반려동물을 키우는 보호자님들을 나도 온 마음을 다해 응원할 것이다.

"여러분은 정말 좋은 보호자입니다."

수술 실습견 쿵쿵따
수술 경험이 필요한 수의사들을 위해 수술대에 올랐던 개 쿵쿵따. 8년을 수술 실습견으로, 10년을 행복한 반려견으로 산 이야기.

실험 쥐 구름과 별
동물실험 후 안락사 직전의 실험 쥐 20마리가 구조되었다. 일반인에게 입양된 후 평범하고 행복한 시간을 보낸 그들의 삶을 기록했다.

다정한 사신
일러스트레이터 제니 진야가 고통받은 동물들을 새로운 삶의 공간으로 안내하는 위로의 그래픽 노블.

유기동물에 관한 슬픈 보고서 (환경부 선정 우수환경도서, 어린이도서연구회에서 뽑은 어린이·청소년 책, 한국간행물윤리위원회 좋은 책, 어린이문화진흥회 좋은 어린이책)
동물보호소에서 안락사를 기다리는 유기견, 유기묘의 모습을 사진으로 담았다. 인간이 애써 외면하는 불편한 진실을 고발한다.

유기견 입양 교과서
보호소에 입소한 유기견을 입양 보내기 위해 활동가, 봉사자, 임보자가 어떻게 교육하고 어떤 노력을 해야 하는지 알려준다.

개.똥.승. (세종도서 문학 부문)
백구 세 마리와 사는 스님이 지구에서 다른 생명체와 더불어 좋은 삶을 사는 방법, 모든 생명이 똑같이 소중하다는 진리를 유쾌하게 들려준다.

노견은 영원히 산다
퓰리처상을 수상한 작가가 나이 든 개를 위해 만든 사진 에세이. 저마다 생애 최고의 마지막 나날을 보내는 노견들에게 보내는 찬사.

버려진 개들의 언덕 (학교도서관저널 추천도서)
인간에 의해 버려져서 동네 언덕에서 살게 된 개들의 이야기. 대만의 생태 작가가 기록한 치열하게 살아가는 생명들의 2년간의 관찰기.

개가 행복해지는 긍정교육
개의 심리와 행동학을 바탕으로 한 긍정교육법. 50만 부 이상 판매되었다. 짖기, 대소변 가리기, 분리불안 등의 문제를 평화롭게 해결한다.

사람을 돕는 개 (한국어린이교육문화연구원 으뜸책, 학교도서관저널 추천도서)
안내견 등 장애인을 돕는 도우미견과 인명구조견, 흰개미탐지견, 검역견 등 맡은 역할을 해내는 특수견들을 만나본다.

치료견 치로리 (어린이문화진흥회 좋은 어린이책)
비 오는 날 쓰레기장에 버려진 잡종 개 치로리. 치료견이 되어 전신마비 환자를 일으키고, 은둔형 외톨이 소년을 치료하는 등 기적을 일으킨다.

임신하면 왜 개, 고양이를 버릴까?
임신, 육아로 반려동물을 버리는 유일한 나라 한국. 사회현상에 대한 분석과 안전하게 임신, 육아 기간을 보내는 생활법을 가정의학과 의사에게 듣는다.

개에게 인간은 친구일까?
인간에 의해 버려지고 착취당하고 고통받는 개와 다양한 방법으로 개를 구조하고 보살피는 아름다운 사람들의 이야기가 그려진다.

용산 개 방실이 (어린이도서연구회에서 뽑은 어린이·청소년 책, 평화박물관 평화책)
용산 참사로 갑자기 아빠가 떠난 뒤 24일간 음식을 거부하고 스스로 아빠를 따라간 반려견 방실이 이야기.

동물과 이야기하는 여자

〈TV 동물농장〉에 출연해 화제가 되었던 애니멀 커뮤니케이터 리디아 히비가 20년간 동물들과 나눈 감동의 이야기. 병으로 고통받는 개, 안락사를 원하는 고양이 등과 대화를 통해 문제를 해결한다.

동물에 대한 예의가 필요해

일러스트레이터인 저자가 우리는 동물들과 어떤 관계를 맺고 사는지 그림을 통해 이야기한다. 냅킨에 쓱쓱 그린 그림을 통해 동물들의 목소리를 들을 수 있다.

동물을 위해 책을 읽습니다

(한국출판문화산업진흥원 출판 콘텐츠 창작자금지원 선정, 국립중앙도서관 사서 추천도서)

우리는 우리가 사랑하고, 함께 입고 먹고 즐기는 동물과 어떤 관계를 맺어야 할까? 100여 편의 책 속에서 길을 찾는다.

동물을 만나고 좋은 사람이 되었다 (한국출판문화산업진흥원 출판 콘텐츠 창작자금지원 선정)

반려동물을 통해서 알게 된 세상 덕분에 조금 불편해졌지만 더 좋은 사람이 되어 가는 개·고양이에 포섭된 인간의 성장기.

순종 개, 품종 고양이가 좋아요?

귀여운 외모의 품종 개, 고양이를 좋아하지만 많은 품종 동물이 질병에 시달리다가 일찍 죽는다. 동물복지 수의사가 반려동물과 함께 건강하게 사는 법을 알려준다.

우리 아이가 아파요!
개·고양이 필수 건강 백과

새로운 예방접종 스케줄부터 나이대별 흔한 질병의 증상·예방·치료·관리법, 나이 든 개, 고양이 돌보기까지 다룬 필수 건강백서.

개·고양이 자연주의 육아백과

세계적인 홀리스틱 수의사 피케른의 개와 고양이를 위한 자연주의 육아백과. 50만 부 이상 팔린 베스트셀러로 반려인, 수의사의 필독서.

개 피부병의 모든 것

홀리스틱 수의사인 저자는 상업사료와 과도한 약물사용을 피부병 증가의 원인으로 꼽는다. 제대로 된 피부병 예방법과 치료법을 제시한다.

개, 고양이 사료의 진실

미국에서 스테디셀러를 기록하고 있는 책으로 2007년 멜라민 사료 파동 등 반려동물 사료에 대한 알려지지 않은 진실을 폭로한다.

인간과 개, 고양이의 관계심리학

함께 살면 개, 고양이와 반려인은 닮을까? 248가지 심리실험을 통해 알아보는 인간과 동물이 서로에게 미치는 영향에 관한 심리 해설서.

펫로스 반려동물의 죽음 (아마존닷컴 올해의 책)

동물 호스피스 활동가가 들려주는 반려동물의 죽음과 무지개다리 너머의 이야기.

강아지 천국

반려견과 이별한 이들을 위한 그림책. 행복하게 지내다가 천국의 문 앞에서 사람 가족이 오기를 기다리는 무지개다리 너머 반려견의 이야기.

고양이 천국

(어린이도서연구회에서 뽑은 어린이·청소년 책)

고양이와 이별한 이들을 위한 그림책. 실컷 놀고, 먹고, 자고 싶은 곳에서 잘 수 있는 곳. 함께 살던 가족이 그리울 때면 잠시 다녀가는 고양이 천국의 모습을 그려냈다.

우주식당에서 만나
(한국어린이교육문화연구원 으뜸책)
2010년 볼로냐 어린이도서전에서 올해의 일러스트레이터로 선정되었던 신현아 작가가 반려동물과 함께 사는 이야기를 네 편의 작품으로 묶었다.

고양이 그림일기
(한국출판문화산업진흥원 이달의 읽을 만한 책)
두 고양이와 그림 그리는 한 인간의 일 년 치 그림일기. 종이 다른 개체가 서로의 삶의 방법을 존중하며 사는 잔잔하고 소소한 이야기.

고양이 임보일기
《고양이 그림일기》의 이새벽 작가가 새끼 고양이 다섯 마리를 구조해서 입양 보내기까지의 시끌벅적한 임보 이야기를 그림으로 그려냈다.

고양이는 언제나 고양이였다
고양이를 사랑하는 나라 터키의, 고양이를 사랑하는 글 작가와 그림 작가가 고양이에게 보내는 러브레터.

깃털, 떠난 고양이에게 쓰는 편지
작가가 먼저 떠난 고양이에게 보내는 편지. 한 마리 고양이의 삶과 죽음, 상실과 부재의 고통, 동물의 영혼에 대해 써 내려간다.

나비가 없는 세상
(어린이도서연구회에서 뽑은 어린이·청소년 책)
고양이 만화가가 그려낸 한국 고양이 만화의 고전. 신디, 페르캉, 추새. 개성 강한 세 마리 고양이와 만화가의 달콤쌉싸래한 동거 이야기.

고양이 안전사고 예방 안내서
고양이는 여러 안전사고에 노출되며 이물질 섭취도 많다. 고양이의 생명을 위협하는 식품, 식물, 물건을 총정리했다.

고양이 질병에 관한 모든 것
40년간 3번의 개정판을 낸 고양이 질병 책의 바이블. 고양이가 건강할 때, 이상 증상을 보일 때, 아플 때 등 모든 순간 곁에 두고 봐야 할 책.

후쿠시마에 남겨진 동물들
(미래창조과학부 선정 우수과학도서, 환경부 선정 우수환경도서, 환경정의 청소년 환경책)
대지진에 이은 원전 폭발로 사람들이 떠난 일본 후쿠시마. 다큐멘터리 사진 작가가 담은 '죽음의 땅'에 남겨진 동물들의 기록.

후쿠시마의 고양이
(한국어린이교육문화연구원 으뜸책)
사람이 사라진 후쿠시마에서 살처분 명령이 내려진 동물을 죽이지 않고 돌보고 있는 사람과 함께 사는 두 고양이의 모습을 담은 사진집.

암 전문 수의사는 어떻게 암을 이겼나
세계 최고의 암 수술 전문 수의사가 동물 환자들을 통해 배운 치유와 삶의 기쁨에 관한 이야기가 유쾌하고 따뜻하게 펼쳐진다.

동물학대의 사회학 (학교도서관저널 올해의 책)
동물학대와 인간폭력 사이의 관계를 설명한다. 페미니즘 등 여러 이론적 관점을 소개하면서 동물학대 연구가 나아갈 방향을 제시한다.

동물주의 선언 (환경부 선정 우수환경도서)
현재 가장 영향력 있는 프랑스 정치철학자가 쓴 인간과 동물이 공존하는 사회로 가기 위한 철학적·실천적 지침서.

동물들의 인간 심판 (대한출판문화협회 올해의 청소년 교양도서, 세종도서 교양 부문, 환경정의 청소년 환경책, 아침독서 청소년 추천도서, 학교도서관저널 추천도서)
동물을 학대하고, 학살한 인간이 동물 법정에 선다. 고양이, 돼지 등은 인간의 범죄를 증언하고 개는 인간을 변호한다. 이 기묘한 재판의 결과는?

인간과 동물, 유대와 배신의 탄생 (환경부 선정 우수환경도서, 환경정의 선정 올해의 환경책)

미국 최대의 동물보호단체 휴메인소사이어티 대표가 쓴 21세기 동물해방의 새로운 지침서.

묻다
(환경부 선정 우수환경도서, 환경정의 올해의 환경책)

구제역, 조류독감으로 거의 매년 동물의 살처분이 이뤄진다. 사진작가인 저자가 매몰지 100여 곳을 다니며 기록했다.

사향고양이의 눈물을 마시다
(한국출판문화산업진흥원 우수출판 콘텐츠 제작지원 선정, 환경부 선정 우수환경도서, 학교도서관저널 추천도서, 국립중앙도서관 사서가 추천하는 휴가철에 읽기 좋은 책, 환경정의 올해의 환경책)

내가 마신 커피 때문에 인도네시아 사향고양이가 고통받는다고? 내 선택이 세계 동물에게 미치는 영향, 동물을 살리는 선택에 대해 알아본다.

채식하는 사자 리틀타이크
(아침독서 추천도서, 교육방송 EBS〈지식채널e〉방영)

육식동물인 사자 리틀타이크는 채식 사자로 살며 개, 고양이, 양 등과 평화롭게 살았다. 종의 본능을 거부한 채식 사자의 아름다운 삶의 기록.

대단한 돼지 에스더
(환경부 선정 우수환경도서, 학교도서관저널 추천도서)

인간과 동물 사이의 사랑이 얼마나 많은 것을 변화시키는지 알려주는 놀라운 이야기. 300킬로그램의 돼지 덕분에 두 남자가 채식을 하고, 동물보호 활동가가 된다.

적색목록
멸종위기종으로 끝없이 태어나 인간에게 죽임을 당하는 동물들을 그린 그래픽 노블. 인간은 홀로 살아남을 것인가?

동물복지 수의사의 동물 따라 세계 여행
(한국출판문화산업진흥원 중소출판사 우수 콘텐츠 제작지원 선정)

동물원에서 일하던 수의사가 동물원을 나와 세계 19개국 178곳의 동물원, 동물보호구역을 다니며 동물원의 존재 이유에 대해 묻는다. 동물에게 윤리적인 여행이란 어떤 것일까?

동물원 동물은 행복할까?
(환경부 선정 우수환경도서, 학교도서관저널 추천도서)

동물원 북극곰은 야생에서보다 100만 배 더 작은 공간에 갇혀 산다. 야생동물보호운동 활동가가 기록한 동물원에 갇힌 야생동물의 삶.

야생동물병원 24시
(어린이도서연구회에서 뽑은 어린이·청소년 책, 한국출판문화산업진흥원 청소년 북토크 도서)

로드킬 당한 삶, 밀렵꾼의 총에 맞은 독수리 등 한국의 야생동물이 사람과 부대끼며 살아가는 슬프고도 아름다운 이야기.

숲에서 태어나 길 위에 서다
(환경부 환경도서 출판 지원사업 선정)

한 해에 로드킬로 죽는 야생동물은 200만 마리다. 인간과 야생동물이 공존할 수 있는 방법을 찾는 현장 과학자의 야생동물 로드킬에 대한 기록.

동물 쇼의 웃음 쇼 동물의 눈물
(한국출판문화산업진흥원 청소년 권장도서, 한국출판문화산업진흥원 청소년 북토크 도서)

동물 서커스와 전시, TV와 영화 속 동물 연기자, 투우, 투견, 경마 등 동물을 이용해서 돈을 버는 오락산업 속 고통받는 동물들의 숨겨진 진실.

동물노동
인간이 거의 모든 동물을 착취하면서 사는 세상에서 동물노동에 대해 묻는 책. 동물을 노동자로 인정하면 그들의 지위가 향상될까?

고통받은 동물들의 평생 안식처
동물보호구역
(환경부 선정 우수환경도서, 환경정의 올해의 어린이 환경책, 한국어린이교육문화연구원 으뜸책)
고통받다가 구조되었지만 오갈 데 없었던 야생동물의 평생 보금자리. 전 세계 동물보호구역을 다니면서 행복하게 살고 있는 동물을 만난다.

고등학생의 국내 동물원 평가 보고서
(환경부 선정 우수환경도서)
동물원에서 무슨 일이 일어나고 있나? 국내 9개 동물원이 종보전, 동물복지 등 현대 동물원의 역할을 제대로 하고 있는지 평가했다.

황금 털 늑대 (학교도서관저널 추천도서)
공장에 가두고 황금빛 털을 빼앗는 인간의 탐욕에 맞서 늑대들이 마침내 해방을 향해 달려간다. 생명을 숫자가 아니라 이름으로 부르라는 소중함을 알려주는 그림책.

전쟁과 개 고양이 대학살
1939년, 영국에서 한 달 동안 40만 마리의 개, 고양이가 안락사되었다. 전쟁 시 인간에게 반려동물이란 무엇일까?

동물은 전쟁에 어떻게 사용되나?
전쟁은 인간만의 고통일까? 자살폭탄 테러범이 된 개 등 고대부터 현대 최첨단 무기까지, 우리가 몰랐던 동물 착취의 전쟁사.

똥으로 종이를 만드는 코끼리 아저씨
(환경부 선정 우수환경도서, 한국출판문화산업진흥원 청소년 권장도서, 서울시교육청 어린이도서관 여름방학 권장도서, 한국출판문화산업진흥원 청소년 북토크 도서)
코끼리 똥으로 만든 재생종이 책. 코끼리 똥으로 종이를 만들면서 사람과 코끼리가 평화롭게 살게 된 이야기를 똥 종이에 그려냈다.

물범 사냥
(노르웨이국제문학협회 번역 지원 선정)
북극해로 떠나는 물범 사냥 어선에 감독관으로 승선한 마리는 낯선 남자들과 6주를 보내야 한다. 남성과 여성, 인간과 동물, 세상이 평등하다고 믿는 사람들에게 펼쳐 보이는 세상.

햄스터
햄스터를 사랑한 수의사가 쓴 햄스터 행복·건강 교과서. 습성, 건강관리, 건강식단 등 햄스터 돌보기 완벽 가이드.

토끼
토끼를 건강하고 행복하게 오래 키울 수 있도록 돕는 육아 지침서. 습성·식단·행동·감정·놀이·질병 등 토끼 돌보기의 모든 것을 담았다.

토끼 질병의 모든 것
토끼의 건강과 질병에 관한 모든 것, 질병의 예방과 관리, 증상, 치료법, 홈 케어까지 완벽한 해답을 담았다.

원고를 기다립니다
드러내어 기억하다 시리즈는 인간을 위해서 존재하다가 소리 없이 사라지는
동물들의 이야기입니다. 그들의 삶을 기억하기 위해 기록합니다. 이 시리즈에
적합한 원고라면 투고해 주세요. animalbook@naver.com

드러내어 기억하다 시리즈 3

장애견 모리

초판 1쇄 2024년 1월 28일

글 이연희
편집 김보경

교정 김수미
디자인 나디하 스튜디오(khj9490@naver.com)

인쇄제작 정원문화인쇄
펴낸이 김보경
펴낸 곳 책공장더불어

책공장더불어
주소 서울시 종로구 혜화로16길 40
대표전화 (02)766-8406
이메일 animalbook@naver.com
블로그 http://blog.naver.com/animalbook
페이스북 @animalbook4
인스타그램 @animalbook.modoo

ISBN 978-89-97137-86-2 (03810)

이 도서는 한국출판문화산업진흥원의 '2023년 중소출판사 출판콘텐츠 창작 지원
사업'의 일환으로 국민체육진흥기금을 지원받아 제작되었습니다.